NAME: Justus Jonas
FUNKTION: Erster Detektiv
FRAGEZEICHENFARBE: weiß
BESONDERE MERKMALE: das Superhirn [illegible] Meister der Analyse und Wortakrobatik; erstaunlich schneller Schwimmer; zu Hause auf dem Schrottplatz von Tante Mathilda und Onkel Titus; zupft beim Nachdenken an seiner Unterlippe
IST FAN VON: Tante Mathildas Kirschkuchen und Denksport aller Art

NAME: Peter Shaw
FUNKTION: Zweiter Detektiv
FRAGEZEICHENFARBE: blau
BESONDERE MERKMALE: für körperliche Herausforderungen immer zu haben, dafür kein Ass in der Schule; großer Tierfreund; Spezialist für Schlösser aller Art, die seinem Dietrichset einfach nicht standhalten können; neigt zu Vorsicht und Aberglauben
IST FAN VON: schnellen Autos (insbesondere seinem MG), der südkalifornischen Sonne, so ziemlich jeder Sportart

Die drei
???®

Die drei ???®

und die flüsternden Puppen

erzählt von André Minninger

Kosmos

Umschlagillustration von Silvia Christoph, Berlin
Umschlaggestaltung von eStudio Calamar, Girona, auf der Grundlage der Gestaltung von Aiga Rasch (9. Juli 1941 – 24. Dezember 2009)

FSC www.fsc.org
MIX
Papier aus verantwortungsvollen Quellen
FSC® C014496

Gedruckt auf chlorfrei gebleichtem Papier

ISBN 978-3-440-13583-9
Redaktion: Anja Herre
Lektorat: Nina Schiefelbein
Grundlayout und Satz: DOPPELPUNKT, Stuttgart
Produktion: DOPPELPUNKT, Stuttgart
Printed in Germany/Imprimé en Allemagne

Die drei ???®
und die flüsternden Puppen

Eine Leiche im Sessel

Die Frau saß im Sessel und ihre Augen blickten ausdruckslos ins Leere. Sie war etwa siebzig Jahre alt und ihr faltiger Hals wurde von einem geblümten Seidenschal verdeckt, der stramm zugezogen und an den Enden fest verknotet war.
Justus warf die Stirn in Falten und dachte angestrengt nach.
»Sie ist tot, richtig?«, mutmaßte Bob und sah seinen Freund fragend an.
Justus nickte stumm.
»Aber wer kann das getan haben?«
Justus sagte noch immer nichts.
»Erwürgt zu werden stelle ich mir schrecklich vor«, fuhr Bob fort. »Aber Mrs Yellow hat es ja wirklich darauf angelegt, ihren Widersacher aus der Reserve zu locken.«
»Das ist noch lange kein Grund, einen Mord zu begehen«, brach Justus sein Schweigen und wandte seinen Blick von der Frauenleiche ab. Ihr Kopf war nach hinten gesackt. Der Mund stand halb offen. »Aber die vorrangige Frage, die sich mir stellt, ist: Woher hatte der Mörder den Schlüssel und damit überhaupt erst die Gelegenheit, die Leiche hier in diesen Sessel zu setzen?«
»Leiche! Leiche!«, krächzte der Papagei neben den beiden Jungs im Käfig und flatterte dabei aufgeregt mit den Flügeln.
»Halt den Schnabel, Blacky!« Justus warf dem Vogel einen strengen Blick zu.
Bob erschauerte bei dem Gedanken und hatte plötzlich das Gefühl, dass die Verstorbene jedes Wort, das er mit Justus

wechselte, hören konnte. Er wusste natürlich, dass dieser Gedanke völlig absurd war …

»Wieso glaubst du denn, dass der Mörder sie nicht hier direkt in diesem Sessel stranguliert hat?«

»Weil der Körper der Leiche bereits erkaltet ist und wir beide eben nur kurz bei Mr Hope waren, um anhand seines Alibis zu überprüfen, ob er als Dieb von Mrs Yellows Halskette infrage käme.«

»Richtig«, musste Bob eingestehen. »In dieser kurzen Zeit hätte ihr Körper nicht so schnell erkalten können. Wer, glaubst du denn, ist es gewesen, Just?«

Der Erste Detektiv zupfte nachdenklich an seiner Oberlippe. »Es kann nur Mr Hope junior gewesen sein.«

»Ihr einziger Enkel, Just? Wie kommst du ausgerechnet auf ihn? Aber bevor du mir diese Frage beantwortest: Sollten wir nicht besser als Allererstes die Polizei verständigen?«

»Auf keinen Fall, Bob!« Justus machte eine abwehrende Handbewegung. »Nicht bevor wir wissen, wie der Mörder mit der Leiche hier reingekommen ist. Wenn erst die Spurensicherung anrückt, haben wir hier nichts mehr zu melden und werden letztendlich nur noch als Zeugen befragt. Aber gib mir noch zwei Minuten, dann habe ich den Trick durchschaut und wir können den Fall als geklärt zu den Akten legen.«

»Na, dann leg dich mal ins Zeug, Erster. Denn lange will ich mir die Tote nicht mehr ansehen müssen. Und wenn Peter hier gleich antanzt, wird ihm das auch nicht besonders gefallen. Er steht zwar auf Zombie-Filme, aber diese Oma hier im Sessel –« Plötzlich zuckte Bob unwillkürlich zusammen.

»Just!«
»Was hast du, Bob?«
»Die … die Augen der Frau …«
»Was ist damit?«
»Die … die haben eben einmal kurz geblinzelt. Ich bin mir ganz sicher!«
Justus reagierte sofort und blickte der Toten in ihre starren Augenhöhlen. Nach einigen Sekunden war er sich jedoch sicher, dass sein Freund sich getäuscht haben musste. »Da regt sich nichts mehr, Bob. Aber vielleicht sollten wir jetzt doch besser die Polizei verständigen und –«
»Just! Sie sieht uns an!«
In dieser Sekunde fuhr eine Bewegung durch den Körper der alten Frau und ihr zahnloser Mund begann sich langsam zu öffnen. »Ja, ich sehe euch an …« Speichelfäden wurden sichtbar, die sich zwischen ihren Lippen langsam in die Länge zogen. Und dann erhob sich die Untote ächzend aus dem Sessel. »Ihr habt wirklich gedacht, meinem Mörder auf die Schliche gekommen zu sein, wie?« Ein unheimliches Kichern entwich ihrer Kehle. »Wenn ihr euch da mal nicht getäuscht habt … Denn jetzt beschwöre ich Nadine Cross, die Herrin der Untoten, euch zu vernichten!« Mit großer Geste hob die Untote ihre Arme in die Höhe und nuschelte eine unverständliche Beschwörungsformel vor sich hin, woraufhin sich um ihre knöcherige Gestalt eine dichte Nebelwand bildete.
Plötzlich vernahmen die beiden Jungen hinter sich eine Bewegung und eine Hand legte sich auf Bobs Schulter. Zu Tode erschrocken fuhren sie herum.
Justus brauchte eine Sekunde, um sich zu sammeln, doch

dann atmete er erleichtert auf. »Peter! Wir haben dich gar nicht kommen hören!«
Verstört warf der Zweite Detektiv einen Blick auf den Computermonitor, auf dem in Großaufnahme gerade das Gesicht einer Teufelsfratze erschienen war, dessen verbrannte Haut an die zerlaufene Oberfläche einer Käsepizza erinnerte.
»Seid ihr mit eurem Krimispiel noch immer nicht durch?«, fragte er belustigt und pfefferte seine Sporttasche mit Schwung auf den leeren Sessel der Zentrale.
Die Zentrale der drei Detektive befand sich in einem alten Campingwagen, der versteckt unter einem riesigen Haufen Gerümpel auf dem Schrottplatz des Gebrauchtwarencenters T. Jonas den Jungen als Unterschlupf diente. In diesem Wohnwagen befand sich alles, was für die Ermittlungen des erfolgreichen Trios von Nutzen war: vom Telefon und einem Rechner mit Internetanschluss über ein Fotolabor mit Dunkelkammer bis hin zu dem kompletten Aktenarchiv all ihrer bisher gelösten Fälle.
Mit einem schnellen Handgriff schaltete Justus das ›Mörderspiel‹ auf Pause. »Wir dachten gerade, dem Würger mit Logik auf die Spur gekommen zu sein, Zweiter. Doch dann musste ich zu meiner Enttäuschung feststellen, dass es sich die Programmierer des Spiels mal wieder einfach gemacht haben und statt einer realen Erklärung einen billigen Dämon aus dem Hut zaubern, der die ganze vorangegangene Geschichte ad absurdum führt. In den zahlreichen Rezensionen, aufgrund derer ich dieses Spiel aus dem Netz heruntergeladen hatte, war davon nicht das Geringste zu lesen. Logik ade – und schade um die sinnlos vertane Zeit.«

»Dito, Erster«, entgegnete Peter. »Meinen Vormittag hätte ich auch klüger nutzen können. War ebenso die totale Zeitverschwendung!«
»Häh?« Bob stutzte. »Wie meinst du das?«
»Unser werter Zweiter hat doch heute das Angebot wahrgenommen, das kostenlose Probetraining in dem Fitnessstudio zu absolvieren, das in Hollywood letzte Woche neu eröffnet hat«, rief Justus seinem Freund ins Gedächtnis zurück. »Hast du das etwa schon wieder vergessen?«
Bob rümpfte verächtlich die Nase. »Ach, diese Einladung von dem Schickimickiclub, die gestern per Wurfsendung in unserem Briefkasten steckte? Da bist du tatsächlich hingegangen?«
Peter deutete verächtlich auf den Computerbildschirm.
»Wer bestimmt eigentlich, was im Leben sinnvoll ist und was nicht?«
Justus grinste breit. »Also, wenn du deine kostbare Zeit mit Hanteltraining im Fitnessclub verbringst, dürfen Bob und ich doch wohl auch mal etwas Nutzloses tun, was der Entspannung dienlich ist, oder?«
»Auch mal etwas *Nutzloses tun*?« Der Zweite Detektiv streifte empört seine Jacke ab. »Sportliche Ertüchtigung ist ja wohl etwas anderes, als auf seinem Hintern vor dem Monitor zu sitzen und virtuelle Pseudofälle zu lösen! Aber in diesem Fall war das auch eher Pseudosport. Der Trainer in dem Fitnessstudio war eine totale Schnarchnase und konnte mir keine einzige Übung zeigen, die ich nicht ohnehin schon kannte.«
»Dann hast du also keinen Mitgliedsvertrag unterzeichnet«, versuchte Bob, das Gespräch wieder in unverfängliche Bah-

nen zu lenken. »Just und ich hatten schon die Vermutung, du hättest ein neues Ertüchtigungszentrum gefunden und würdest der Detektivarbeit in Zukunft noch weniger Zeit widmen können.«

Peter winkte grinsend ab. »Wo denkt ihr hin? Die Mitarbeiter waren natürlich sehr erpicht darauf, mich als neues Mitglied zu gewinnen, aber die Konditionen in dem Club sind alles andere als günstig. Aber apropos *gefunden*: Als ich aus dem Fitnesscenter kam, hab ich auf dem Parkplatz, wo ich mein Fahrrad angeschlossen hatte, etwas entdeckt, was offenbar jemand verloren hat.«

»Und das wäre?«

»Abwarten, Bob!« Mit großer Geste fasste Peter in seine Hosentasche und zog daraus zwei Gegenstände hervor, die er neben die Tastatur des Rechners legte.

Justus' Aufmerksamkeit war geweckt. »Ein alter Walkman mit Kopfhörern? So etwas begegnet einem heutzutage doch ausgesprochen selten.«

»Cool, oder? Eigentlich hätte ich die beiden Teile gleich beim Empfang des Sportstudios wieder abgegeben, denn mit ziemlicher Wahrscheinlichkeit hat sie ja jemand verloren, der auch in dem Club trainiert.«

»Ach!? Und was hat dich davon abgehalten?«, fragte Bob.

»Die Tatsache, dass mich die Neugier überkam, welcher Inhalt in dieser Antiquität steckt, und ich nur mal ganz kurz reingehört habe, was auf der Kassette drauf ist!«

Justus stutzte. »Und was ist darauf zu hören?«

»Der absolute Knaller!« Der Zweite Detektiv strahlte über das ganze Gesicht. »Sozusagen die Erhörung meiner Gebete!«

Während Bob und Justus ihren Freund entgeistert ansahen, begann Peter den Kassettenrekorder mithilfe eines Kabels an die Musikanlage anzuschließen, schaltete die Anlage an und drückte dann die *Play*-Taste des Walkmans. Gleich darauf erklangen aus den Aktivboxen die hämmernden Beats eines Musikstückes, das Justus und Bob noch nie gehört hatten. Irritiert blickten sie sich an.

»Ist das nicht der Hammer?« Peters linkes Knie begann im Takt der Musik mitzuwippen.

»Und was hat es mit diesem Stück auf sich?«, fragte Justus höflich interessiert.

Peter strahlte über beide Mundwinkel. »Diese Nummer habe ich letzte Woche beim Joggen im Radio gehört! Aber ich habe weder herauskriegen können, wie das Stück heißt, noch, von wem es stammt. Jetzt habe ich zumindest die Möglichkeit, es mir zu kopieren, bevor ich den Walkman und die Kopfhörer beim Sportstudio abgebe.« Begeistert summte er die Melodie mit. »Auf alle Fälle hat die- oder derjenige, der das Ding verloren hat, einen hervorragenden Musikgeschmack! Und bevor ich den Walkman zurückbringe, will ich auch noch hören, was sonst auf der Kassette drauf ist!«

Peter drückte auf *Forward* und dann wieder auf *Play*. »Dieses Stück kennen wir ja alle! *In the Middle of the Night*!«

Bob verzog verständnislos das Gesicht. Ganz offensichtlich traf die Musik nicht ganz seinen Geschmack. Er streckte die Hand nach dem Lautstärkeregler aus, um sie etwas leiser zu drehen. »Dieses Stück ist entsetzlich! Mal ganz davon abgesehen, dass es sich dabei um das Lieblingsstück unseres Erzfeindes handelt.«

Doch Peter hielt ihn zurück und drehte stattdessen den Lautstärkeregler höher. »Dass Skinny Norris auch auf diese Nummer steht, ist leider nicht zu ändern, Bob. Aber du würdest Tante Mathildas Kirschkuchen ja auch nicht plötzlich von der Speisekarte streichen, wenn sich zufällig herausstellte, dass es sich dabei auch um Skinnys Leibspeise handelt!«

»Kirschkuchen ist nicht gleich Kirschkuchen«, ergriff der Erste Detektiv sofort Partei für seine Tante. »Und mir würde keine Situation einfallen, in der Skinny an das Rezept herankommen sollte und –«

In diesem Moment brach die Musik schlagartig ab. Stattdessen war aus den Lautsprechern ein leises Scheppern zu hören. Dann ertönte der entsetzte Aufschrei eines offenbar jungen Mädchens.

»Nein! Lassen Sie mich! Ich …« Die übrigen Worte wurden erstickt, so als hätte sich ihr eine Hand auf den Mund gepresst.

»Maul halten! Keine Wort!«, ertönte stattdessen die krächzende Stimme eines Mannes mit spanischem Akzent. »Sonst du meine Messer spüren!«

Dann hörte man, wie ein Auto heranfuhr. Mit quietschenden Reifen kam es zum Stehen. Eine Wagentür klappte. Das leise Wimmern des Mädchens entfernte sich. Wieder klappten Wagentüren. Sekunden später preschte das Auto davon.

Die drei Detektive sahen sich fassungslos an und lauschten gespannt den Geräuschen aus den Lautsprechern. Doch außer dem leisen Rauschen des Windes und dem entfernten Straßenverkehr war nichts mehr zu hören …

Bianca

Bob war der Erste, der seine Sprache wiederfand. »Was … was war das denn? Was hatte das zu bedeuten? Kann mir das mal einer erklären?«

»Spul noch mal zurück, Zweiter«, bat Justus und zupfte dabei aufgeregt an seiner Unterlippe.

Peter folgte der Aufforderung und einige Sekunden später erklang wieder *In the Middle of the Night*. Dann brach die Musik erneut abrupt ab und die rätselhafte Szene ertönte.

Als sie zu der Stelle kamen, an der das Auto weggefahren und nur noch der Verkehr und das Rauschen des Windes zu hören waren, gab Justus Peter ein Zeichen, die Aufnahme zu stoppen.

»Sagt mal, Freunde, ist da wirklich *das* vorgefallen, wonach es sich angehört hat?« Verstört blickte Bob abwechselnd zu Justus und Peter.

»Da gibt es wohl keinen Zweifel«, erwiderte Justus nachdenklich.

Peter schauderte. »Wollt ihr etwa damit sagen, dass dieses Mädchen – oder die junge Frau – von den beiden Männern entführt wurde?«

»Zu fünfzig Prozent würde ich deiner Schlussfolgerung zustimmen, Zweiter. Doch warne ich vor der vorschnellen Vermutung, dass es sich bei dem Fahrer des Wagens ebenfalls um einen Mann gehandelt haben könnte. Außerdem müssen wir noch die Möglichkeit in Betracht ziehen, dass vielleicht ein dritter Entführer beteiligt ist.«

Bob griff nach den Kopfhörern, die Peter ebenfalls am Tatort gefunden hatte, und setzte sich auf die Lehne des Ohrensessels. »Nun lass doch die Wortklauberei, Justus. Da wurde eine junge Frau entführt! Was spielt es da denn momentan für eine Rolle, wie viele Personen sich in dem Fahrzeug befunden haben?«

»Das sehe ich genauso!«, stimmte Peter zu. »Meines Erachtens sollten wir sofort Inspektor Cotta verständigen und ihm umgehend die Aufnahme zukommen lassen! Wer weiß, was diese Männer mit dem Mädchen vorhaben oder ihr sogar schon angetan haben!?«

Der Erste Detektiv blieb auffallend gelassen. »Nun mach mal nicht gleich wieder die Pferde scheu, Zweiter. Selbstverständlich werden wir uns augenblicklich der Sache annehmen. Aber solange nicht geklärt ist, ob es sich bei der Aufnahme auf dem Walkman tatsächlich um eine *echte* Entführung handelt, sollten wir uns keinesfalls auch nur im Ansatz eine Blöße geben. Wir laufen hier durchaus Gefahr, uns vor dem Inspektor womöglich gehörig zu blamieren.«

»Bitte?!« Peter glaubte, sich verhört zu haben, und blickte Justus verwundert an. »Was meinst du denn damit?«

»Das wüsste ich jetzt aber auch gern, Erster. Wie kommst du denn auf den Gedanken, dass diese Entführung nicht echt sein könnte?«

»Nun, *echt* war vielleicht nicht ganz der treffende Ausdruck, Kollegen. Aber kam euch denn nicht zumindest mal kurz in den Sinn, dass es sich bei der Aufnahme vielleicht nur um den Ausschnitt aus einem ganz banalen Hörspiel handeln könnte?«

»Ein Hörspiel?« Bob sah seinen Freund verstört an. »Wie um alles in der Welt kommst du denn darauf, Just?«
Der Erste Detektiv ließ sich wieder in den Sessel sinken und deutete mit der Hand zu der Musikanlage hinüber. »Ich gebe ja zu, dass diese Theorie etwas abwegig ist, aber noch abwegiger erscheint mir, wie ausgerechnet auf diesem Walkman die Liveaufnahme einer leibhaftigen Entführung zustande gekommen sein soll.«
»Also, jetzt muss ich mich aber über deine mangelnde Kombinationsgabe wundern, Justus«, gab Peter in fast patzigem Tonfall von sich. »Liegt das nicht auf der Hand?«
»Für mich nicht, Zweiter«, entgegnete Justus. »Aber es würde mich natürlich brennend interessieren, welche Theorie du für diesen doch recht sonderbaren Vorfall parat hast.«
»Dazu braucht man sich doch nur in die Besitzerin dieses Walkmans hineinzuversetzen.« Peter nahm Bob die Kopfhörer aus der Hand und steckte sie sich zur Demonstration in die Ohren. »Nehmen wir einmal an, das Mädchen kommt gerade aus dem Studio und will zu ihrem Fahrrad. Sie hat die Kopfhörer auf, aus denen dieses Musikstück erklingt, das wir eben gehört haben. Die beiden Entführer warten unbemerkt in ihrem Wagen auf dem Parkplatz, und bis auf ihre Zielperson ist der gerade menschenleer. Also der ideale Zeitpunkt, zuzuschlagen. Der Beifahrer steigt aus und nähert sich dem Mädchen. Sie, noch immer im Bann der Musik, wird von hinten gepackt und herumgerissen. Vor ihr steht ein Kerl, wer weiß, vielleicht sogar maskiert, und ihr wird schlagartig klar, was der Fremde mit ihr vorhat.« Peter sah seine beiden Freunde fragend an. »Na, klingelt es jetzt bei euch?«

»Moment … Moment mal! – Aber ja doch!« Bobs Augen begannen aufgeregt zu funkeln. »Ihr kommt instinktiv die rettende Eingebung! Sie drückt geistesgegenwärtig auf die Aufnahmetaste ihres Walkmans und lässt ihn dann im Handgemenge zu Boden fallen …«
»… sodass derjenige, der früher oder später das Gerät auf dem Parkplatz findet, anhand der Aufnahme wissen wird, was geschehen ist«, führte Justus Bobs Gedankengang zu Ende.
»Und ich fresse einen Besen, wenn es nicht so gewesen ist!« Peter nahm die Kopfhörer wieder aus den Ohren und wandte sich an Justus. »Wie sieht's aus, Leute? Ich schlage vor, wir machen uns sofort auf den Weg zum Fitnesscenter.«
»Genau. Mit Walkman und Kopfhörern«, warf Bob ein. »Mit etwas Glück treffen wir dort beim Empfang auf jemanden, der uns sagen kann, wer diese beiden Teile heute bei sich hatte. Schließlich ist gerade dieser alte Walkman ja alles andere als unauffällig!«
»Das hört sich vernünftig an«, sagte Justus. »Wenn du dich bitte vorher noch wie abgemacht um den Kühlschrank kümmerst, Peter! Wir haben ihn abgetaut und du räumst ihn wieder ein! Das wolltest du eigentlich schon heute Vormittag erledigt haben … Ich möchte nachher meinen Durst mit einem eisgekühlten Schluck löschen!«
Peter grinste verlegen. »Schade, das hätte ich jetzt glatt vergessen … Aber klar, versprochen ist versprochen!«
Mit diesen Worten machte er sich daran, die Limonade wieder in den Kühlschrank zu stellen.
Justus nahm währenddessen nachdenklich den Walkman in die Hand, spulte die Kassette zurück und ließ die Aufnahme

der vermeintlichen Entführung noch einmal ablaufen. Wieder ertönte der gellende Schrei des Mädchens aus den Lautsprechern.
Beklommen zog Peter den Ärmel seines Sweatshirts hoch und deutete auf seinen nackten Arm. »Seht euch das an: Ich kriege Gänsehaut, Freunde … Und ehrlich gesagt wünsche ich mir nichts mehr, als dass es sich bei dieser Aufnahme doch nur um ein Hörspiel handelt …«

Die neu eröffnete Filiale der Fitnesskette *Body Talk* befand sich mitten am Sunset Boulevard, Hollywoods berühmter Haupt- und Vergnügungsstraße. Hier reihte sich eine Edelboutique an die andere, hin und wieder unterbrochen von schicken Restaurants. Jetzt, am späten Nachmittag, herrschte reger Betrieb. Menschenmassen drängten sich in den Geschäften und auf den Bürgersteigen, als gäbe es dort etwas umsonst. Doch selbst für ein Foto, für das man auf der berühmten Straße mit einem Darth-Vader-, Batman- oder Marylin-Monroe-Double posieren konnte, musste man tief in die Tasche greifen.
Eine angenehme Ausnahme bildete der Parkplatz des Fitnesscenters, der sich auf einem Hinterhof befand, den man durch eine schmale Einfahrt erreichte. Denn abgesehen von ein paar Autos und Fahrrädern, die hier abgestellt waren, war der Parkplatz leer.
Als die drei Detektive aus Peters MG gestiegen waren, blickte sich Bob prüfend um und machte ein ernstes Gesicht.
»Es ist schon unheimlich, Freunde. Hier auf dem Parkplatz ist es einsam wie auf einem Friedhof, während sich nur fünf-

zig Meter von uns entfernt dichte Menschenmassen auf den Straßen drängen. Also wenn ich planen würde, einen Menschen zu entführen, würde ich auch diesen Ort wählen. Nicht ein einziges Fenster, nur Betonwände mit Reklametafeln. Und selbst eine Kamera scheint es nicht zu geben.«

Peter deutete zu den Fahrradständern und lief einige Meter voran. »Dort hatte ich mein Mountainbike angeschlossen. Und hier an dieser Stelle lag der Walkman mit den Kopfhörern auf dem Boden.«

Justus trat näher und blickte zur Toreinfahrt hinüber. »Also jetzt, da wir uns am Ort des Geschehens befinden, setzt sich die Szene wie ein Puzzlespiel in meinem Kopf zusammen, Kollegen. Der Wagen der Entführer muss dort rechts neben der Einfahrt geparkt haben, während das Mädchen gerade auf dem Hin- oder Rückweg vom Sportcenter war.«

»*Wenn*, Justus …«, gab Bob zu bedenken. »Noch ist ja nicht geklärt, ob sie auch tatsächlich dort trainiert hat.«

»Aber das werden wir schon gleich in Erfahrung bringen.«

»Dann lasst uns jetzt zur Rezeption gehen«, forderte Peter seine Freunde beklommen auf. »Denn solange wir keine Klarheit darüber haben, was es mit dieser gruseligen Tonaufnahme auf sich hat, werde ich nachts bestimmt kein Auge mehr zukriegen.«

»Einverstanden«, sagte Bob und ließ noch einmal seine Blicke durch den gesamten Hinterhof gleiten. »Zu dumm auch, dass sich der Eingang zu diesem Fitnessclub vorne an der Straße befindet. Die Chance, dass vielleicht noch ein Mitarbeiter oder Gast Augenzeuge dieser … na ja … ›vermeintlichen‹ Entführung sein könnte, steht somit quasi bei null.«

»Jetzt kommt!« Peter wandte sich zum Gehen und eilte zielstrebig durch die Hofeinfahrt. Justus und Bob folgten ihm und kurze Zeit später betraten sie durch die Drehtür das Sportstudio, an dessen Außenfassade in blauen Neonbuchstaben der Schriftzug *Body Talk* leuchtete.
Der Zweite Detektiv genoss es sichtlich, dass er sich in dem neuen Gebäude bereits auskannte und seinen beiden Freunden gegenüber den Ortskundigen spielen konnte. Zielstrebig ging er auf den Empfangstresen zu und begrüßte den dahinter stehenden Mitarbeiter, dessen kleines Namensschild am T-Shirt ihn als Michael Rompa auswies, wie einen alten Bekannten.
»Hi, Michael, altes Haus! Na, alles fit im Schritt?«
Bob, dem diese Begrüßung sichtlich unangenehm war, boxte Peter unauffällig in die Seite und zischte: »Mann, Zweiter, lass doch diese Zoten!«
»I wo, wieso denn?«, winkte Peter mit einem Schmunzeln ab. »Michael hat noch ganz andere Sprüche auf Lager, nicht wahr, alte Socke?« Grinsend wandte er sich an Justus und Bob. »Soll er mal welche rauslassen?«
»Später vielleicht«, wehrte Justus schnell ab. »Jetzt solltest du ihm bitte als Erstes einmal den Grund unseres Besuches erläutern.«
Michael lachte und strich sich durch sein schulterlanges Haar. »Das könnt ihr euch schenken! Ich kann mir schon denken, weshalb ihr drei gekommen seid!«
»Ach ja?«, entgegnete Justus irritiert, während Peter den Walkman mit den dazugehörigen Kopfhörern aus der Tasche zog.
»Na klar! Eurem Kumpel Shaw hat die heutige Probestunde

in unserem Club im Nachhinein so gut gefallen, dass er es sich nun doch anders überlegt und beschlossen hat, mit uns einen zweijährigen Mitgliedsvertrag abzuschließen! Und da er ein *noch* helleres Köpfchen ist, hat er kurzerhand auch noch euch beide dazu überredet, ebenfalls bei uns einzutreten!«

Bob blickte den Mitarbeiter irritiert an, während Justus für einen kurzen Moment den anderen Besuchern des Fitnessstudios seine Aufmerksamkeit widmete. In der weitläufigen Halle standen in mehreren Reihen dutzende von Crosstrainern, auf denen sich etliche Personen schwitzend abmühten, ihre überflüssigen Pfunde loszuwerden. Schnell wandte der Erste Detektiv, dem körperliche Ertüchtigungen ganz und gar nicht behagten, den Blick wieder dem Tresen zu. Sein schlechtes Gewissen meldete sich, weil er selbst seit vielen Jahren an Übergewicht litt, aber bisher nichts Ernsthaftes dagegen unternommen hatte.

»Das verstehe ich nicht ganz«, hakte Bob bei Michael Rompa nach. »Weshalb sollte Peter ein *noch* helleres Köpfchen sein, wenn er auch uns davon überzeugen würde, diesem Club hier beizutreten?«

Augenblicklich nahm Justus' Gesichtsfarbe eine rötliche Färbung an. »Na, ist doch klar«, bemerkte er verlegen. »Michael spielt auf meine füllige Figur an. Wenn ich endlich etwas gegen meine überschüssigen Pfunde tun würde, dann hätte Peter mit seiner Überzeugungskraft, zumindest was *mich* betrifft, eine kluge Vorarbeit geleistet.«

Der Mann an der Rezeption lächelte breit. »Obwohl ich deinen Gedankengang durchaus nachvollziehen kann, lag mir bei meiner Überlegung eigentlich nur Shaws Geldbeutel am

Herzen. Wenn er bei seinem Clubbeitritt gleich zwei neue Kunden anwirbt, verringert sich sein Mitgliedsbeitrag um satte zwanzig Prozent! Und das wäre doch was, oder?«

Peter winkte dankend ab. »Vorerst belasse ich es beim Joggen, Michael. Für alles andere haben ich und meine beiden Freunde leider nicht genügend Freizeit. Wir sind eigentlich wegen einer anderen Angelegenheit hergekommen.« Mit einer kurzen Bewegung legte er den Walkman mitsamt den Kopfhörern auf den Tresen und blickte den Mitarbeiter fragend an. »Kommen dir diese beiden Sachen hier irgendwie bekannt vor?«

Sofort griff Michael nach dem Walkman und begutachtete ihn von allen Seiten. »Woher habt ihr das Ding?«

»Das beantwortet unsere Frage nicht im Geringsten«, konterte Justus schnell. »Wir wollen lediglich in Erfahrung bringen, ob du eventuell weißt, wem diese beiden Teile hier gehören?«

Die Mundwinkel des jungen Mannes begannen unkontrolliert zu zucken. »Dieser Walkman war vor 30 Jahren der letzte Schrei. Das erste Abspiel- und Aufnahmegerät, das man bequem in der Jacke tragen konnte. Da kenne ich mich aus. Ich habe mich immer noch nicht mit diesem modernen digitalen Kram angefreundet. Mein eigener Walkman ist nur leider nicht so gut erhalten wie dieses Prachtstück hier!«

»Ach«, entwich es Bob leise. »Das ist ja interessant. Und hast du hier im Studio zufällig mal eine Person gesehen, die dieses Gerät bei sich hatte?«

»Na, und ob! Gerade heute Vormittag! Ich bin mir sogar ganz sicher!« Der Mitarbeiter blickte die drei Detektive triumphierend an. »Dieser Walkman gehört Bianca!«

Fundsache

»Bianca?«, wiederholte Justus und bemühte sich dabei um einen möglichst neutralen Gesichtsausdruck. Schließlich brauchte Michael – zumindest vorerst – nicht zu wissen, in welcher Angelegenheit die drei Detektive hier ermittelten.
»So ist es. Sie war ebenfalls heute hier, um eine kostenlose Probestunde zu absolvieren«, gab der junge Mann bereitwillig Auskunft. »Und gerade weil sie diesen coolen Walkman in der Hand hatte, kam ich mit ihr ins Gespräch. Außerdem sah sie sehr ansprechend aus mit ihren blonden Zöpfen.«
Bob trat nun näher an den Tresen heran und versuchte – wie Justus –, sich nicht anmerken zu lassen, dass sie aller Wahrscheinlichkeit nach auf eine brisante Spur gestoßen waren. »Blonde Zöpfe? Das klingt ja apart!«
»Das kannst du ruhig laut sagen!«, geriet der Mitarbeiter ins Schwärmen. »Und auch sonst sah sie wahrlich zum Anbeißen aus! Noch mehr war ich aber von diesem Walkman fasziniert. Ich habe ja, wie gesagt, selbst noch so ein Ding und war deshalb wirklich mal scharf darauf, den Klang zu testen!«
»Und da hast du sie …?«
»So ist es, Shaw!« Der junge Mann baute sich in Macho-Pose vor den drei Detektiven auf und verschränkte seine Arme. »Ich habe sie ganz lässig angehauen, ob ich mal ’nen kurzen Soundcheck machen dürfe. Und meinem unwiderstehlichen Charme hatte sie natürlich nichts entgegenzusetzen!«
Peter nahm geschickt den Faden auf. »Hast du dir einen Song von diesem Walkman über die Kopfhörer angehört?«

»Na klar!«, erwiderte Michael stolz. »Und ich muss sagen, dass die Kleine ’nen echt heißen Musikgeschmack hat! Das Stück *Trouble Maker* klingt auf diesem Kassettenteil besser als auf jeder CD! Die Süße wurde schon ganz ungeduldig, weil ich mir die Nummer unbedingt bis zum Schluss reinziehen musste. Sie hat mir aber noch verraten, dass es ihr aktueller Lieblingssong ist!«

»*Trouble Maker* heißt der Song also, danke für den Tipp, Michael«, murmelte Peter, während Bob zögerlich fragte: »Und … äh … hat die *Süße* auch einen Nachnamen?«

»Da muss ich leider passen«, erwiderte Michael mit einem enttäuschten Gesicht. »Ich weiß lediglich, dass sie Bianca heißt. Aber woher habt ihr das gute Stück eigentlich?«

Peter griff nach den Kopfhörern und dem Walkman und verstaute beides wieder in seiner Jackentasche. »Das habe ich vorhin auf eurem Kundenparkplatz gefunden. So wie es aussieht, müssen die Sachen dieser Bianca wohl dort aus der Tasche gefallen sein.«

»Sie hat sich die Kopfhörer um den Hals gelegt, bevor sie gegangen ist«, erinnerte sich der junge Mann. »Ich vermute mal, dass sie auf dem Fahrrad weiter Musik hören wollte.«

Justus wurde hellhörig. »Woher weißt du denn, dass sie mit dem Fahrrad unterwegs war? Schließlich ist der Kundenparkplatz von hier aus doch gar nicht einzusehen. Sie könnte ja auch mit dem Auto hergekommen sein.«

»Nee, du Schlauberger!«, entgegnete Michael mit einem breiten Grinsen. »Das ganz sicher nicht!«

»Ach? Und woher hast du diese Gewissheit?«, wollte Justus wissen. »Hast du sie etwa danach gefragt?«

»Nicht direkt. Allerdings wollte ich wissen, wie alt sie ist, um in Erfahrung zu bringen, ob sie für eine eventuelle Mitgliedschaft in diesem Club überhaupt infrage kommt. Denn bei so jungen Dingern, gerade wenn sie sich schon schminken, kann man beim Schätzen ihres Alters ja oft gewaltig danebenliegen! Man muss mindestens sechzehn Jahre alt sein, um hier Mitglied zu werden. Die kleine Blondine war aber erst fünfzehn. Also, Shaw, vielleicht überlegst du es dir ja noch mal – in deinem Alter fällst du sozusagen voll in unser Beuteschema!«

Der Erste Detektiv verengte seine Augen zu Schlitzen. »Das heißt also, dass sie sowohl zu jung ist, um einen Wagen zu fahren, als auch, um einen Vertrag unterzeichnen zu dürfen, richtig?«

»Du hast es erfasst«, erwiderte der Mitarbeiter beinahe enttäuscht. »Ohne schriftliche Einwilligung der Eltern durfte sie weder eine Probestunde bei uns absolvieren noch den Mitgliedsvertrag unterzeichnen.« Er seufzte. »Schade, denn ich hatte den starken Eindruck, dass sie sehr erpicht darauf war, hier künftig zu trainieren.«

Bob konnte es nicht fassen. »Und dann hast du sie wieder nach Hause geschickt, ohne dir Namen und Adresse zu notieren?«

»Jein«, entgegnete Michael zögernd. »Ich weiß, dass es ziemlich unprofessionell war, das zu vergessen. Aber ich war von dem Walkman so hin und weg … Also, den vollen Namen und die Adresse habe ich mir nicht aufgeschrieben. Aber ihre Handynummer!«

Peter atmete erleichtert auf. »Das ist ja zumindest schon mal etwas. Meine Telefonnummer sollte ich hier ja auch hinterlassen. Wozu eigentlich, wo ich dir heute Mittag doch schon gesagt hatte, dass ich wohl kein Mitglied werde?«

»Ansage vom Chef«, erklärte der Mitarbeiter und rollte dabei genervt die Augen. »Wir sind angewiesen, von jedem Gast, der diesen Laden das erste Mal betritt, Festnetz- oder Handynummer zu erfassen. Für die Telefon-Akquise.«

»Aha, verstehe! Damit ihr die Leute hinterher nerven könnt, ob sie eurem Club nicht ganz vielleicht doch noch beitreten wollen!«

Michael Rompa erhob demonstrativ seinen Zeigefinger. »Du hast es erfasst, Shaw! Ziemlich aufdringlich. Aber immerhin springt bei jedem Vertrag, den wir abschließen, als Anreiz eine kleine Provision für uns heraus.«

»Verstehe«, sagte Bob. »Und Biancas Nummer hast du dir notiert, um noch mal nachzuhaken, ob sie ihre Eltern nicht doch noch dazu bringt, den Vertrag in Vertretung für ihre Tochter zu unterzeichnen.«

»Wieder erfasst, drei Punkte!« Der junge Mann griff nach einem Karteikasten und begann, darin zu blättern. Dann zog er daraus ein kleines Kärtchen hervor, legte es auf den Tresen und notierte die Handynummer, die darauf stand, auf einen Zettel. Diesen reichte er Justus. »Bitte sehr, junger Mann! Versucht euer Glück. Eigentlich würde ich sie ja jetzt selbst anrufen und ihr vorschlagen, den Walkman samt Kopfhörern hier bei mir im Studio abzuholen. Allein schon, um dieses bezaubernde Wesen noch einmal wiederzusehen. Aber ich habe eh in zwei Minuten Feierabend und wäre dann sowieso nicht mehr hier.«

Justus griff nach dem Zettel und schenkte dem jungen Mann ein freundliches Lächeln. »Wir werden Bianca gebührend von dir grüßen, Michael. Vorausgesetzt, wir erreichen sie.«
»Na, davon gehe ich doch mal aus.« Der junge Mann blickte Justus fragend an. »Wieso solltet ihr sie denn nicht an die Strippe kriegen?«
»Vergiss es einfach«, entgegnete Peter schnell. »Es ist so eine Marotte von Justus, alles stets geheimnisvoll zu verpacken.«
Der Zweite Detektiv hatte es plötzlich ziemlich eilig, das Gebäude wieder zu verlassen. Und so verabschiedete er sich mit seinen Freunden von Michael und gemeinsam verließen sie das Sportstudio.
Die drei waren gerade durch die Drehtür auf den Sunset Boulevard hinausgetreten, als Bob sich auch schon an den Kopf fasste. »Sorry, Freunde«, stieß er mit einem verächtlichen Laut von sich. »Aber was war das denn für ein Typ? Ich meine, ich kann ja manchmal auch ganz schön einen auf cool machen, aber den Macho zu mimen, nur um mein Ego aufzumotzen, ist nun wirklich nicht mein Ding!«
»Völlig unwichtig, Bob!«, beschwichtigte Justus. »Denn das, was wir da drin soeben erfahren haben, entschädigt uns für sämtliches Show-Gehabe. Ich sage nur ein Wort: *Walkman!*«
Augenblicklich begannen die zwei Jungs herzhaft zu lachen, während Peter seine Freunde mit versteinerter Miene ansah. »Ihr beiden scheint das ja recht lustig zu finden. Aber mir ist weiß Gott nicht zum Lachen zumute.«
Bob verstummte und legte Peter die Hand auf die Schulter. »Ach komm schon, Zweiter. Man wird doch noch mal einen Witz machen dürfen, oder?«

Peter blieb demonstrativ stehen. »Angesichts der Situation kann ich das ehrlich gesagt nicht nachvollziehen. Nach unserem Gespräch mit Michael dürfte jetzt eindeutig geklärt sein, dass es sich bei der Entführungsszene auf dem Walkman keineswegs um ein Hörspiel handelt, wie du heute Mittag in Betracht gezogen hast, Justus. Diese Szene war eindeutig echt!«

»Ach?! Und woher nimmst du diese Erkenntnis, Zweiter?«

Peters Blick verfinsterte sich. »Ich halte es deiner Unkenntnis in Sachen Rock- und Popmusik zugute, dass du selbst noch nicht darauf gekommen bist. Aber Michael hat es bestätigt. Er hat uns berichtet, dass er sich den Song *Trouble Maker* auf Biancas Walkman in voller Länge angehört hat.«

»Stimmt«, erwiderte Justus. »Aber was sagt uns das?«

»Als wir uns dann heute Mittag in der Zentrale *In the Middle of the Night* angehört haben, was auf der Kassette direkt nach *Trouble Maker* kommt, brach eben dieses besagte Musikstück schon nach etwa zwanzig Sekunden ab und es ertönte plötzlich dieser Schrei.«

Bob stutzte. »Moment mal, Zweiter … Das hieße ja …«

»Danach ist sie direkt zum Parkplatz gegangen«, fuhr Peter fort. »Wie hätte sie da die Möglichkeit gehabt, nachträglich ein Hörspiel oder den Audio-Ausschnitt irgendeines Films auf den Walkman zu kopieren? Ich meine, du kannst es dir ja gerne noch einmal anhören.«

Bob überkam eine Gänsehaut. »Oh, Mann, Freunde. Das stimmt. Es muss sich also tatsächlich um eine *echte* Entführung handeln! Just, da kannst doch selbst du jetzt keinen Zweifel mehr dran haben!«

Der Erste Detektiv begann, nachdenklich an seiner Unterlippe zu zupfen. »Ich muss zugeben, dass mich deine Theorie überzeugt. Dennoch denke ich …«

»*Theorie?*« Peter glaubte, sich verhört zu haben. »Just, die Sache liegt doch ganz klar auf der Hand! Und deshalb müssen wir sofort Inspektor Cotta verständigen! Er wird wissen, was in solch einer Angelegenheit zu tun ist. Was können *wir* da schon ausrichten?«

Justus hob beschwichtigend die Hand. »Immer langsam, Zweiter! Selbst Cotta wird vorerst gar nichts unternehmen können. Erstens weiß er genauso wenig, um wen es sich bei der entführten Person handelt, und zweitens weißt du so gut wie ich, dass man eine Vermisstenanzeige frühestens nach achtundvierzig Stunden aufgeben kann. Dieser Fall aber liegt nur wenige Stunden zurück. Daher schlage ich vor, dass wir erst einmal diese Handynummer anrufen, die uns der freundliche Mitarbeiter des Sportstudios ausgehändigt hat.«

»Dann lass dich nicht lange bitten, Justus! Du bist der, der ein Handy dabei hat!«

»Schon gut, Zweiter. Aber lasst uns erst zurück zu deinem Wagen gehen. Auf dem Parkplatz sind wir ungestört.«

»Na schön.«

Auf dem Weg zur Toreinfahrt wechselten die drei Detektive kein Wort miteinander. Erst als sie bei Peters MG angelangt waren, zog Justus sein Mobiltelefon heraus und kramte den Zettel hervor, den Michael ihm gegeben hatte.

»Drück auf die Lautsprechertaste, damit wir mithören können«, zischte Bob dem Ersten Detektiv zu, der bereits eifrig die Nummer eintippte.

Einige Sekunden passierte gar nichts, doch schließlich ertönte das vertraute Tuten. Bob und Peter hielten den Atem an.
»Nun geh schon einer ran …« Unruhig begann der Zweite Detektiv, auf dem rechten Bein zu wippen.
Justus behielt die Ruhe. »Ich habe es beinahe schon geahnt. Es meldet sich keiner …«
»Lass noch länger klingeln, Justus«, empfahl Bob. »Denn manchmal –«
In diesem Moment ertönte aus dem Lautsprecher des Handys ein leises Knacken und kurz darauf meldete sich eine männliche Stimme.
»Sí? Quién es?«
Justus machte ein überraschtes Gesicht.
»Das ist Spanisch«, zischte ihm Bob zu, »und bedeutet: *Ja? Wer ist da?*«
»Ich … äh … Hier spricht Justus Jonas … und äh … De parte de quién?«, versuchte Justus zu antworten, soweit es seine spanischen Sprachkenntnisse zuließen.
»Wer da sprechen?«, ertönte es nun wiederum in gebrochenem Englisch aus dem Lautsprecher. »Mein Name Juan Conzales.«
»Entschuldigen Sie, aber ist das nicht der Anschluss von Bianca?«, fragte Justus, erleichtert, sich nun in seiner Muttersprache unterhalten zu können.
»Bianca? Ich nix weiß! Ich schließlich sein in Tijuana und Handy gerade gefunden auf Straße!«
Bob blickte Peter fassungslos an und flüsterte aufgeregt: »Tijuana? Das befindet sich doch direkt hinter der Grenze zu Mexiko!?«

Bettelnde Hände

»Moment …« Der Erste Detektiv versuchte fieberhaft, seine Gedanken zu ordnen. »Habe ich Sie richtig verstanden? Das Handy, mit dem Sie gerade telefonieren, lag mitten auf der Straße?«

»Sí, sí!«, drang es aus dem Hörer. »Ich gerade einkaufen hier – billige Geschäfte – und Handy lag auf Bürgersteig. Dann klingeln – und ich schließlich drangehen!«

Peter überkam ein Frösteln. »Frag ihn nach dem Straßennamen!«, zischte er Justus zu.

»Bitte, Señor, können Sie mir Ihren genauen Standort nennen? Ich meine, die Straße, in der Sie sich gerade befinden.«

»Sí, sí! Straße Emiliano Zapata, an Ecke Avenida Revolución!« Die Stimme des Mannes am Ende der Leitung zögerte kurz. »Aber warum du das wollen wissen?«

Justus hatte das Misstrauen des Mannes sofort registriert. Wenn er mehr erfahren wollte, musste er jetzt taktisch sehr geschickt vorgehen. »Bitte, Señor, das Handy, das Sie gefunden haben, gehört einer guten Freundin von mir, und sie verfügt über recht wenig Geld. Daher wäre es äußerst wichtig, dass sie es schnell wiederbekommt. Ist es vielleicht möglich, dass wir uns persönlich zu einer Übergabe treffen könnten? Ich wäre auch schon –«

KLACK! Schlagartig war die Verbindung unterbrochen. Nur noch ein monotones Tuten ertönte aus dem Handy.

Justus sah seine Freunde ratlos an. »Aufgelegt. Ich hatte es schon die ganze Zeit befürchtet.«

»Vielleicht lag es auch nur an einem Funkloch, Erster«, hoffte Bob. »Los, probiere es noch mal!«

Justus tat wie ihm befohlen und drückte auf die Wiederwahltaste. Doch schon nach wenigen Sekunden meldete sich eine weibliche Computerstimme, die ihnen mitteilte, dass der gewünschte Teilnehmer vorübergehend nicht erreichbar war. Resigniert ließ Justus sein Handy wieder in der Jackentasche verschwinden.

»So, Leute«, stieß Peter beklommen aus. »Jetzt liegt es ja wohl klar auf der Hand: Bianca wurde heute Vormittag hier auf dem Kundenparkplatz entführt und nach Mexiko verschleppt!«

»Daran gibt es wohl keinen Zweifel mehr. Die Frage lautet nur: Was machen wir denn jetzt?«

Justus warf einen kurzen Blick auf seine Armbanduhr. »Es ist genau sechzehn Uhr, Kollegen. Wenn wir uns sofort in deinen MG setzen, Zweiter, und du richtig Gas gibst, könnten wir gegen neunzehn Uhr in Tijuana eintreffen.«

Peter blieb perplex der Mund offen stehen. »Nach Tijuana, Erster? Jetzt gleich? Was versprichst du dir davon? Und überhaupt –«

»Für lange Diskussionen ist jetzt keine Zeit!«, fiel Justus seinem Freund unsanft ins Wort. »Und noch ist die Spur heiß! Bianca hat bereits auf ihrem Walkman eine Spur ihrer Entführung hinterlassen. Und ich bin mir ziemlich sicher, dass sie auch in Tijuana ihr Handy nicht zufällig fallen ließ! – Also, Kollegen, wie sieht es aus? Habt ihr eure Ausweise dabei?«

Peter und Bob nickten.

»Damit ist die Sache entschieden.« Der Erste Detektiv griff in die Innentasche seiner Jacke und zog einen handygroßen Gegenstand daraus hervor. »Und auch unseren Peilsender habe ich vorhin in der Zentrale vorsorglich eingesteckt! Für eine Ermittlungsaktion sind wir also bestens ausgerüstet.«
Peter stieß einen erstaunten Pfiff aus. »Du überraschst mich doch immer wieder, Justus! Anfangs noch hochskeptisch und jetzt voller Tatendrang! Ein Glück, dass ich meinen Wagen heute Vormittag vollgetankt habe!«
»Und was sagen wir unseren Eltern?«, fragte Bob in die Runde. »Ich meine, wir werden doch kaum vor Mitternacht wieder zurück sein!«
Peter winkte gelassen ab. »Meine Mum und mein Dad sind übers Wochenende zu Verwandten nach San Diego gefahren. Ihr könntet sagen, dass ihr heute bei mir übernachtet. Dann wären wir auch zeitlich nicht so festgelegt, falls es noch etwas später werden sollte.«
»Dann auf, Freunde!«, rief Bob. »Auf nach Mexiko!«

Während der Fahrt auf dem San Diego Freeway, der geradewegs zum Grenzübergang nach Mexiko führte, hatten die drei Detektive anfangs noch darüber debattiert, aus welchem Grund das fünfzehnjährige Mädchen wohl entführt worden sein könnte. Einstimmig waren sie zu dem Ergebnis gekommen, dass es dabei nur um Geld gehen konnte. Vermutlich eine Menge Geld. Sie mutmaßten, dass Bianca aus einer reichen Familie stammte und zumindest ein Elternteil beruflich in einer wichtigen Führungsposition tätig war. Aber damit war das Thema dann auch erschöpft, da Spekulationen, wie

Justus sich ausdrückte, letztlich eh zu nichts führen würden. Kurz vor der mexikanischen Grenze kam Peter jedoch noch mal auf eine Sache zurück, die er bereits vor ihrem Reiseantritt angesprochen hatte und die ihm noch immer gewaltig unter den Nägeln brannte.

»Ich wiederhole mich zwar nur ungern, Justus, aber mir schmeckt es ganz und gar nicht, dass wir Inspektor Cotta bisher keine einzige Silbe von dem Entführungsfall berichtet haben. Ich meine, sind wir dazu nicht sogar verpflichtet? Wer weiß denn, ob sich die Entführer nicht schon längst an Biancas Eltern gewandt und denen ihre Forderungen mitgeteilt haben? Und falls die Eltern gleich die Polizei verständigt haben sollten, dann würden wir doch Cotta wichtiges Beweismaterial vorenthalten, das zu einer Ergreifung der Verbrecher führen könnte.«

»Ich kann deine so überaus emotional vorgetragenen Befürchtungen ja verstehen, Zweiter«, entgegnete Justus beschwichtigend. »Aber wenn man die Sache mal von der rationalen Seite betrachtet, lässt du dabei ein wichtiges Detail außer Acht.«

»Ach?! Und was hat mein rechtes emotionales Kleinhirn da mal wieder nicht bedacht?« Peter fühlte sich sichtlich in seiner Detektivehre verletzt. Er warf Justus einen pikierten Blick zu.

»Schau lieber nach vorne auf die Fahrbahn und überleg doch mal«, fuhr Justus unbeeindruckt fort. »Bianca ist erst vor wenigen Stunden in Hollywood entführt worden. Und dann haben die Verbrecher sie über die mexikanische Grenze verschleppt. Wenn man die Fahrzeit bis dorthin berücksichtigt, kann sie logischerweise erst, kurz bevor dieser Juan Conzales ihr Handy fand, dort eingetroffen sein. Also waren die Entführer zu diesem Zeitpunkt noch immer nicht an ihrem Ziel, nämlich dem Unterschlupf, in dem sie ihr Opfer so lange gefangen halten wollen, bis die Lösegeldsumme gezahlt ist. Und du glaubst doch wohl nicht im Ernst, dass solche ausgebufften Verbrecher ihre Geldforderungen schon preisgeben, während sie noch mit ihrer Geisel in aller Öffentlichkeit herumkutschieren. Nein, Zweiter: In aller Regel lassen Entführer erst einmal einige Zeit verstreichen, bevor sie Kontakt zu den Verwandten aufnehmen.«

»Und warum, wenn man fragen darf?«, erkundigte sich Peter. Er war wegen Justus' Äußerung noch immer leicht angesäuert.

»Na, ist doch klar«, übernahm Bob die Antwort. »Sie wollen nicht riskieren, vorzeitig geschnappt zu werden.«

Der Erste Detektiv nickte. »Und zwar für den Fall, dass die Angehörigen entgegen den üblichen Forderungen doch die Polizei einschalten sollten.«

»Tolle Logik!«, entgegnete Peter patzig. »Dürfte ich dich daran erinnern, dass seit dem Telefonat mit diesem Juan bereits wieder mehr als zwei Stunden vergangen sind? So lange lenke ich diesen Wagen nämlich schon in Richtung Grenze! Innerhalb dieser Zeit werden diese Verbrecher Bianca gewiss schon irgendwo in ihrem Versteck untergebracht haben! Dürfte ich außerdem anmerken, dass wir hier nicht nach einem entlaufenen Kätzchen suchen, Justus, sondern nach einem fünfzehnjährigen Mädchen! Das arme Ding hat in der Zwischenzeit schon die schlimmsten Qualen durchlitten! Und deshalb frage ich dich noch einmal, Erster: Wann gedenkst du, Cotta in den Fall einzuschalten?«

Justus verengte seine Lippen zu einem Strich.
»Ich kann ja verstehen, Just, dass du dem Inspektor die Entführer am liebsten im Alleingang auf einem Silbertablett servieren würdest«, mischte sich Bob ein. »Aber ich kann Peter nur beipflichten. Wenn ein Menschenleben in Gefahr ist, ist die Sache selbst für die drei Detektive eine Nummer zu groß!«
»Also schön«, gab Justus schließlich nach, nachdem er eingesehen hatte, dass die Argumente seiner Freunde ihre Berechtigung hatten. »Sobald wir aus Mexiko zurückgekehrt sind, weihen wir den Inspektor ein. Ganz gleich, ob wir in Tijuana auf eine weitere Spur stoßen oder nicht. Das ist ein Versprechen, Zweiter!«
»Schön«, sagte Peter und betätigte den Blinker. »Eins beruhigt mich dabei ungemein.«
Justus hatte mittlerweile sein Handy aus der Jackentasche gezogen und betätigte zum x-ten Mal die Wiederwahltaste.
»Und das wäre?«
»Bei allen Meinungsverschiedenheiten, die wir beide bisher schon hatten, hast du deine Versprechen doch stets eingehalten.«
Justus nickte wohlwollend und steckte resigniert sein Handy wieder in die Jackentasche.
»Und, Erster?«, erkundigte sich Bob knapp.
»Nichts zu machen. Dieser Juan Conzales ist auf Tauchstation gegangen. Biancas Mobiltelefon ist weiterhin ausgeschaltet.«
Peter trat auf die Bremse und verringerte das Tempo. »Dann zückt mal eure Ausweise, Freunde. Dort vorne naht endlich die Grenze.«

Die Einreise nach Mexiko verlief nahezu reibungslos. Innerhalb von zehn Minuten hatten die drei Detektive den Grenzübergang passiert und befanden sich urplötzlich in einer anderen Welt. Die Armut, die in diesem Land herrschte, war nicht zu übersehen. Auf der Fahrbahn in die entgegengesetzte Richtung mussten die Ausreisewilligen in langen Schlangen auf ihre Abfertigung warten. Gleichzeitig wurden die Autos, die aus Richtung der Vereinigten Staaten kamen, von dutzenden mexikanischen Bettlern belagert, die den Touristen mehr oder minder billige Uhren, Schmuck und haufenweise Spielzeug verkaufen wollten.
Justus, Peter und Bob waren am meisten davon betroffen, dass sich unter den Bettlern auffallend viele Kinder befanden. Doch dann riefen sie sich ins Gedächtnis zurück, dass sie eine wichtige Mission zu erfüllen hatten – eine Mission, die nahezu utopisch, aber dennoch ihre einzige Möglichkeit war: in der Calle Emiliano Zapata eine Spur zu finden, die ihnen Aufschluss über den Verbleib von Bianca gab.
Mithilfe eines mexikanischen Stadtplans wurde Peter von Justus direkt zu der Straßenecke dirigiert, an der Juan Conzales angeblich das Handy des entführten Mädchens gefunden hatte.
Nachdem Peter den MG auf einem Parkplatz abgestellt hatte, machten sich die drei Detektive zu Fuß auf den Weg durch die noch immer belebte Einkaufsstraße. Bereits nach wenigen Metern verzog sich Bobs Miene und er blickte sich immer wieder sorgenvoll um.
»Ich will zwar nicht die Pferde scheu machen, Freunde, aber geheuer ist es mir hier ganz und gar nicht …«

»Wie … wie meinst du denn das?«, stieg Peter ängstlich darauf ein und rückte gleich ein bisschen näher an seine beiden Freunde heran.
»Na ja … vielleicht bilde ich es mir ja nur ein, aber habt ihr nicht auch das Gefühl, dass uns die Mexikaner hier merkwürdig angucken? So misstrauisch … und irgendwie, als ob wir hier Fremdkörper wären …«
»Ach was!«, entgegnete Justus schnell. »Das ist doch pure Einbildung. Reißt euch gefälligst zusammen, Kollegen!«
»Aber achtet vor allem auf eure Geldbörsen«, mahnte Peter zur Vorsicht. »Es wird auch schon langsam dunkel … Und außerdem ist mir völlig schleierhaft, Erster, was du in dieser Straße eigentlich zu finden gedenkst. Ehrlich gesagt hatte ich es mir hier völlig anders vorgestellt. Und unsere Spanischkenntnisse reichen bei Weitem nicht aus, um irgendwelche Menschen zu befragen, ob ihnen hier heute ein junges Mädchen aufgefallen ist, das auf der Straße ein Handy verloren hat.«
In diesem Moment ertönte aus Justus' Jackentasche ein schrilles Klingeln. Mit einer schnellen Bewegung zog der Erste Detektiv sein Mobiltelefon hervor und warf einen aufgeregten Blick auf das Display.
»Kollegen! Das gibt es doch nicht!«
Bob und Peter blickten Justus fragend an.
»Da ruft uns jemand von Biancas Handy aus an!«

Augenzeuge

»Geh schon ran, Erster! Worauf wartest du noch?«
Justus wollte am unmittelbaren Fundort von Biancas Handy keine unnötige Aufmerksamkeit erregen, und so verzichtete er dieses Mal darauf, die Lautsprechertaste zu aktivieren. Er drückte auf *Annehmen* und presste wegen des starken Lärms auf der Straße das Mobiltelefon dicht an sein Ohr.
»Ja, bitte?«
»Junge, bist du es?«, drang die Stimme des Anrufers verzerrt aus dem Handy. »Hier ist noch mal Juan!«
Das hatte ich mir beinahe schon gedacht!, schoss es dem Ersten Detektiv als spontane Antwort durch den Kopf. Doch dann besann er sich eines Klügeren und fragte stattdessen: »Ah, Señor, gut, dass Sie noch einmal anrufen. Haben Sie es sich nun doch anders überlegt?«
»Anders?«, wiederholte der Mexikaner. »Wie du meinen?«
»Nun, *Sie* sind im Besitz des Handys meiner Freundin, und *ich* bin inzwischen in Mexiko eingetroffen und befinde mich gerade in der Calle Emiliano Zapata, wo Sie das Mobiltelefon gefunden haben. Sind Sie vielleicht doch dazu bereit, sich zwecks einer Übergabe mit mir zu treffen? Am besten gleich, da es schon dunkel wird und ich schnell wieder –«
»Hör zu, Junge!«, drang die Stimme des Mannes zischend in sein Ohr. »Wir nix treffen. Viel gefährlich!«
»Gefährlich? Wie meinen Sie das? Und können Sie bitte etwas deutlicher und lauter sprechen? Hier auf der Straße ist so ein Lärm, dass ich Sie kaum verstehe!«

Doch der Anrufer ignorierte Justus' Bemerkung. »Nix mein Problem, Junge! Wir nix treffen, basta! Und ich will haben keine Ärger mit Polizei.«
Justus stutzte. »Was hat denn die Polizei mit der Sache zu tun? Ich hätte nur gern das Handy meiner Freundin zurück. Wir treffen uns, Sie händigen mir das Telefon aus, und dann trennen sich unsere Wege. Wo liegt da das Problem?«
Die Stimme des Mexikaners senkte sich zu einem Flüstern. »Großes Problem sein, wenn ich euch jetzt sagen, was beobachtet ich vorhin habe.«
»Und das wäre?«
»Ich vorhin euch nix Wahrheit erzählt habe, Junge. Denn Handy ich nicht gefunden, sondern ich gesehen habe, wie junges Mädchen hat Telefon fallen lassen mit Absicht!«
Auf der Stirn des Ersten Detektivs bildete sich eine dicke Falte. »Wie meinen Sie das?«
»Kleine Bus – nein, wie sagt man – kleine Lieferwagen kam angefahren und halten auf Parkplatz. Dicke Mann steigen aus und öffnen Schiebetür von Lieferwagen. Er daraus junge Mädchen ziehen, Mädchen mit blonde Zöpfe. Und ich sehen, wie Mann Jacke über Arm tragen und an Seite von Mädchen drücken. Gesicht von Mädchen viel Angst. Und da ich für ganz kurze Moment Pistole unter Jacke sehen. Da ich wusste: Mädchen nicht mit freie Willen mitgehen.«
Justus überlegte fieberhaft, wie er den Fremden dazu bewegen konnte, doch noch einem persönlichen Treffen zuzustimmen. Denn ihm war sofort klar geworden, dass dieser Mann aller Wahrscheinlichkeit nach der einzige Augenzeuge in diesem undurchsichtigen Entführungsfall war.

»Und wie ging es dann weiter?«, fragte er, sorgsam darauf bedacht, keine Aufregung in seiner Stimme erkennen zu lassen. Denn wenn Juan Conzales, was mit Sicherheit nicht sein echter Name war, sich auf einen Deal einlassen sollte, musste er in Sicherheit gewiegt werden, dass es für ihn zu keiner Begegnung mit der Polizei kommen würde. Und das wiederum ließ bei Justus den Verdacht aufkommen, dass der Mexikaner bereits einiges auf dem Kerbholz hatte.

»Fahrer des Lieferwagens plötzlich wegfahren«, fuhr der Anrufer flüsternd mit seinem Bericht fort. »Und andere Mann mit Mädchen zu Taxistand gehen. Er hintere Wagentür öffnen und Mädchen in Taxi schieben. Und ich in diesem Moment des Blicks sehen, wie Mädchen Telefon aus ihre Tasche ziehen und lässt fallen auf Straße!« Der Anrufer machte eine kurze Atempause.

Justus nutzte diese Möglichkeit, einen zweiten Versuch zu starten. »Señor Conzales«, sagte er in sanftem Ton. »Uns und Ihnen ist doch vollkommen klar, dass Sie ein wichtiger Augenzeuge eines Entführungsfalles gewesen sind. Unsere Freundin wurde offenbar aus Hollywood hierher nach Mexiko verschleppt, und wir haben größtes Verständnis dafür, dass Sie an keiner Begegnung mit der Polizei interessiert sind. Aus welchen Gründen auch immer. Aber könnten Sie sich denn nicht wenigstens mit *uns* treffen, damit Sie detaillierte Angaben darüber machen könnten, wie die Entführer aussahen, oder uns zumindest das Handy wiedergeben? Ich versichere Ihnen, dass wir weder die Polizei noch –«

»Nix zu machen!«, unterbrach der Mexikaner. »Und Handy ich behalten. Ich sehr arm und keine Ärger will!«

»Und wenn wir Ihnen das Handy abkaufen?«, startete Justus einen neuen Anlauf. »Ich würde Ihnen dafür –«
»Hör zu, Gringo: Wir nix treffen werden. Cachái?« Die Stimme des Mannes nahm jetzt einen gereizten Tonfall an. »Ich euch nur noch sagen werde, was ich hören, Mann zu Taxifahrer sagen.«
»Und das wäre?«, fragte Justus, der sich damit abfand, dass er mit seiner Überredungskunst nichts weiter ausrichten würde.
»Oír algo: Mann Taxifahrer sagen, wohin fahren soll. Und ich la dirección – wie sagt man – Adresse verstehen!«
Augenblicklich begann sich Justus' Herzschlag zu beschleunigen. »Das gibt es doch nicht!« Mit kurzen Handzeichen machte er Bob klar, dass er sein Notizbuch und einen Schreiber zücken sollte. »Wohin ist das Taxi gefahren?«
»Zu Cañon del Padre, Nummer 1384, Mann sagen!«
»Cañon del Padre 1384?«, wiederholte Justus laut, damit Bob die Möglichkeit hatte, den Straßennamen zu notieren.
»Sí, sí! Nix weit von Straße Emiliano Zapata, wo Handy lag, entfernt sein. Vielleicht halbe Stunde mit Auto«, gab der Mexikaner Auskunft. »Aber nix gute Gegend sein. Sehr einsam. Und damit Schluss mit recabar informaciones. Adiós!«
Ein Knacken und das darauffolgende Tuten machten dem Ersten Detektiv unmissverständlich klar, dass das Telefonat beendet war. Entgeistert blickte er seine beiden Freunde an.
»Juan Conzales war Zeuge, als am späten Nachmittag hier in dieser Straße ein Lieferwagen gehalten hat, aus dem einer der Entführer gemeinsam mit Bianca ausgestiegen ist und sie mit einer verdeckten Schusswaffe zu einem Taxistand gedrängt hat! Der Lieferwagen ist dann weggefahren und –«

»Hast du diesen Conzales gefragt, ob er sich das Kennzeichen des Lieferwagens gemerkt hat?«, fiel Bob seinem Freund ins Wort.
»Verflixt! Das habe ich völlig außer Acht gelassen!« Justus fasste sich an den Kopf. »Aber ich glaube, wir können davon ausgehen, das das sowieso nicht der Fall war. Sonst hätte er mir das mit Sicherheit *auch* verraten. Er war wohl nur erpicht darauf, das Handy in seinen Besitz zu bringen.«
»Und was hat es mit dem Cañon del Padre auf sich?«, fragte Peter aufgeregt weiter.
Justus erklärte: »Bianca und ihr Entführer sind in ein Taxi gestiegen, und Juan hat den Namen der Straße gehört, zu der das Taxi die beiden bringen sollte. Bianca hat dann diese Gelegenheit geistesgegenwärtig genutzt, um im richtigen Moment ihr Handy auf die Straße fallen zu lassen.«
»Verstehe. Und Juan Conzales hat es an sich genommen, gleich nachdem das Taxi davongefahren war.«
»So hat es mir dieser Mexikaner zumindest geschildert, Bob.« Der Erste Detektiv ließ sein Handy wieder in der Jackentasche verschwinden und warf einen prüfenden Blick auf seine Armbanduhr. »Es ist jetzt neunzehn Uhr dreißig und noch ist es nicht vollkommen dunkel, Kollegen. Wir könnten uns auf den Straßen also zumindest noch eine Zeit lang zurechtfinden.«
Peter erstarrte in seiner Bewegung. »Moment mal … das heißt doch nicht etwa, dass du …«
»Und ob«, ließ Justus ernst verlauten. »Wir sollten uns wenigstens einen Eindruck davon verschaffen, wohin der Entführer Bianca verschleppt hat. Ich für meine Person gebe

mich zumindest nicht damit zufrieden, dass wir die Strapazen einer mehrstündigen Autofahrt auf uns genommen haben, nur um ein kurzes Telefonat mit einem Augenzeugen zu führen. Denn wenn wir schon einmal hier sind, Kollegen, dann –«

»Aber …«, setzte Peter zum Protest an und blickte sich mit einem beklommenen Gesichtsausdruck in der Straße um.

»Vergiss es, Zweiter.« Bob tippte mit dem Finger auf die Seite seines Notizbuches, auf der die Adresse notiert war, die Justus ihm diktiert hatte. »Wenn unser Erster beschlossen hat, jetzt noch den Cañon del Padre aufzusuchen, dann weißt du genauso gut wie ich, dass wir ihn nur mit Waffengewalt davon abhalten könnten, sein Vorhaben in die Tat umzusetzen.«

Justus grinste breit. »Treffender hätte selbst ich es nicht ausdrücken können, Bob!«

»Also schön«, gab Peter klein bei. »Habe verstanden. Und wie weit ist es von hier bis zu diesem Cañon del Padre?«

»Ihr wollt zum Cañon del Padre?«

Erschrocken fuhren die drei Detektive herum. Urplötzlich war hinter ihnen ein Mann aufgetaucht. Er war etwa fünfzig Jahre alt, trug einen langen Vollbart, und sein abgewetzter Mantel war voller Flecken von undefinierbarer Herkunft.

Justus war der Erste, der prompt reagierte. »Ich wüsste nicht, was Sie das angeht, Señor!«

Doch der Fremde ließ sich von dem selbstbewussten Auftreten des Ersten Detektivs keineswegs einschüchtern und trat noch einen Schritt näher auf die Jungen zu. »Ihr sucht ein entführtes Mädchen. Und ich kann euch ganz sicher bei der Suche helfen …«

Im dunklen Nirgendwo

»Ach ja?« Justus' Argwohn war augenblicklich geweckt. »Und in welcher Form gedenken Sie uns dabei unterstützen zu können?«
Der Mann trat noch näher an die Jungen heran und deutete zur südlichen Seite der Straße. Er sprach fließend Englisch, allerdings mit deutlich hörbarem Akzent. »Der Taxistand, an dem der Entführer mit eurer Freundin weggefahren ist, liegt nicht weit von hier entfernt. Der Kerl sah recht finster aus und war ziemlich kräftig gebaut. Mit dem solltet ihr es nicht alleine aufnehmen. Ihr könnt jede Hilfe gebrauchen.«
»Soll das etwa heißen, dass Sie ebenfalls gesehen haben, wie dieses Mädchen unter Waffengewalt in das Taxi gedrängt worden ist?«, fragte Bob ungläubig und studierte dabei die hagere Figur des Mannes. Er konnte sich nicht vorstellen, dass der ihnen im Fall eines Kampfes mit dem Entführer eine große Hilfe wäre.
»Ich habe alles gesehen.« Der Mann hustete und spuckte einen dicken Schleimklumpen auf die Straße. »Und außerdem kenne ich mich bestens in dieser Gegend aus. Ihr seid doch fremd hier, richtig?«
Peter nickte wortlos.
»Dann lasst euch sagen, dass ihr ohne die Hilfe des alten Alfonso vollkommen aufgeschmissen seid. Ich führe euch sicher zu dem Versteck.«
Der Erste Detektiv beäugte den Mann mit äußerstem Misstrauen. Sein Instinkt sagte ihm, dass hier etwas ganz und gar

nicht stimmte. »Hören Sie, Señor, dass Sie uns den Entführer beschreiben können, nützt uns im Augenblick leider ziemlich wenig. Von viel größerer Bedeutung wäre es jedoch, wenn sie uns eine genaue Beschreibung des Mädchens geben könnten. Ich meine, können Sie uns beispielsweise sagen, welche Haarfarbe sie hatte und was für eine Frisur sie trug?«

»Welche Haarfarbe?« Die Augenlider des Mannes begannen nervös zu flattern. »Ich dachte, sie … sie ist eure Freundin. Da müsst ihr die Antwort doch selbst am besten wissen.«

»Eben drum«, erwiderte Justus spitz. »Die Frage ist nur, ob Sie es uns auch sagen können?«

Der Mann fasste sich nachdenklich an seinen Vollbart. Dabei rieselten dutzende weiße Hautschuppen zu Boden. »Also, so genau habe ich auf ihre Haare nicht geachtet. Aber ich glaube, dass sie eine Schirmmütze aufhatte. Ja! Eine schwarze Baseball-Cap!«

»Aha, und um welche Uhrzeit haben Sie Ihre Beobachtung gemacht?«

»Um welche Uhrzeit?« Der Mann schob den linken Ärmel seines Mantels hoch und deutete vielsagend auf sein nacktes Handgelenk. »Wenn ich denn mal eine hätte …«

Wenig beeindruckt blickte der Erste Detektiv dem Mann scharf in die Augen. »Auf die genaue Sekunde kommt es uns nicht an. Aber Sie können uns doch wohl in etwa sagen, wann sie den Vorgang beobachtet haben.«

»Also … also wenn du mich so fragst, junger Mann«, entgegnete der Mann stammelnd und blickte verunsichert zu Boden, »dann würde ich sagen, so vor etwa einer Stunde … ja … vor circa einer Stunde!«

Justus wandte sich um und wies entschieden zu Peters MG auf der anderen Straßenseite. »Lasst uns aufbrechen, Kollegen. Und zwar zu dritt!«
»Was denn, was denn?« Entrüstet hob der Mann die Arme in die Höhe. »Ihr wollt auf die Hilfe des alten Alfonso verzichten? Davon rate ich euch aber dringend ab!«
»Und ich rate Ihnen dringend davon ab, uns für dumm zu verkaufen!«, konterte Justus von oben herab. »Angenehmen Abend, Señor!« Er machte auf dem Absatz kehrt und bedeutete seinen beiden Freunden, ihm zu folgen.
Als die drei Detektive die Fahrbahn überquert hatten und sich noch einmal umblickten, stand der Mann dort noch immer und rief ihnen hasserfüllte Schimpftiraden nach, die aber von dem rauschenden Verkehr verschluckt wurden.
Als die Jungen wieder im MG saßen und Peter den Wagen aus der Parkbucht lenkte, ließ Bob sich in das abgewetzte Leder der Rückbank sinken und machte seinem Ärger Luft. »Was war das denn für 'ne Nummer, Freunde? Ich meine, kann mir mal einer erklären, was der Typ von uns wollte?«
»Liegt das nicht auf der Hand, Kollegen?« Justus hatte in der Zwischenzeit den Stadtplan aus dem Handschuhfach genommen und versuchte, darauf die Route, die Peter eingeschlagen hatte, mit seinem Finger zu verfolgen. »Der Kerl wollte sich an uns bereichern! Ich gehe jede Wette ein, dass er weder Bianca noch den Entführer gesehen hat und uns auch noch weiter das Blaue vom Himmel herunter gelogen hätte, wenn wir so dämlich gewesen wären, ihn auf unseren Trip mitzunehmen!«
»Das ist ja während des Gesprächs schon klar geworden, Ers-

ter!«, sagte Peter und bremste den Wagen an einer roten Ampel. »Aber woher hatte der Kerl diese ganzen Informationen?«
»Die haben wir ihm alle selbst geliefert. Weil wir mal wieder so töricht waren, eine wichtige Detektivregel außer Acht zu lassen.«
Peter blickte fragend zur Seite. »Und wie lautet diese Regel?«
»Diskretion! Achte darauf, dass sich keine unbefugten Leute in unmittelbarer Hörweite befinden, wenn du wichtige Informationen erhältst.«
Bob schlug sich mit der Handfläche an die Stirn. »Oh Mann, du hast recht, Just! Dieser Typ muss direkt hinter uns gestanden haben, als Juan angerufen hat!«
»So und nicht anders lautet die Erklärung, Bob! Und wenn ich daran denke, dass ich euch anschließend noch das ganze Gespräch mit diesem Mexikaner fast wortwörtlich wiedergegeben habe, hätte es mir schon viel eher wie Schuppen von den Augen fallen müssen, dass der Kerl uns hochnehmen wollte.«
»Du meinst wohl eher *wie die Schuppen aus seinem Bart*«, warf Peter treffend ein und schüttelte sich. »Aber glaubst du wirklich, dass er es darauf angelegt hatte, uns auszunehmen?«
»Stark anzunehmen, Zweiter. Was hätte er sonst für einen Grund haben sollen, sich an unsere Fersen zu heften? Er war ja ganz erpicht darauf! Früher oder später hätte er für seine ›Dienste‹ mit Sicherheit die Hand aufgehalten. Das gebe ich euch schriftlich!« Justus fummelte am Schalter der Beifahrerbeleuchtung herum, doch nach mehrmaligem Betätigen wurde ihm klar, dass die Glühbirne defekt war. Durch das Licht der vorbeiziehenden Straßenbeleuchtung war es ihm aber ge-

rade noch möglich, auf dem Stadtplan die Route zu ihrem Zielort ausfindig zu machen. »Am Ende der Emiliano Zapata musst du rechts abbiegen, Peter. Ich schätze, dass wir zum Cañon del Padre dann noch etwa zwanzig Minuten Fahrzeit benötigen.«
Bob beugte sich nach vorne. »Gibt's in deinem Wagen nicht mehr Licht, Zweiter?«
Peter stieß einen verächtlichen Laut aus. »Nichts zu machen, Bob! Ich bin ja schon froh, dass diese Karre nach allem, was sie mitgemacht hat, überhaupt noch fährt!«
»Na toll! War denn vielleicht jemand von euch so schlau, eine Taschenlampe einzustecken? Peter? Justus?«
Der Erste Detektiv schüttelte verlegen den Kopf.
»Und wie sieht es mit dir aus, Zweiter?«
»Sag jetzt bloß nichts Falsches, Bob!«, entwich es Peter gereizt. »Ich agiere heute nur als euer Fahrer! Aber deiner Frage entnehme ich nur allzu deutlich, dass auch du nicht daran gedacht hast!«
»So ist es leider«, musste Bob kleinlaut zugeben. »Aber was ist denn mit deinem Handy, Justus? Kannst du nicht das Display als Lampe benutzen?«
»Bob, ich habe extra die Energiesparfunktion auf dem Ding aktiviert, damit wir auf jeden Fall genug Strom haben, um Inspektor Cotta zu informieren, wenn es so weit ist! Das ist doch auch ganz in *deinem* Sinne, Zweiter, oder?«
Peter seufzte. »Schon gut, Justus, ich gebe mich geschlagen.«
Justus' Finger wanderte weiter über den Stadtplan. »Der Cañon del Padre scheint mir tatsächlich in einer sehr einsamen Gegend zu liegen, Kollegen. An dem einen Ende dieser Stra-

ße ist so etwas wie eine Mülldeponie eingezeichnet. Es könnte sich aber auch um einen Schrottplatz handeln.«
Bob konnte sich ein Grinsen nicht verkneifen. »Na, zumindest *etwas*, was uns vertraut ist!«
»Hahaha. Macht ihr nur eure lustigen Witze«, kommentierte Peter trocken, während er den Blinker betätigte und nach rechts abbog, wie es ihm der Erste Detektiv gesagt hatte. »Mir ist überhaupt nicht nach Lachen zumute. Wir verlassen hier gleich die normale Wohngegend und ich steuere direkt auf ein stockdunkles Nirgendwo zu, an dessen Ende uns ein einsames Entführernest erwartet. Und das auch noch alles ohne Taschenlampen!«
Justus blieb zuversichtlich. »Gib Gas, Zweiter. Je schneller wir am Ziel sind, desto schneller haben wir die Sache hinter uns gebracht.«
»Das ist ja ein toller Trost.« Peter schluckte beklommen. Dennoch drückte er aufs Gaspedal und beschleunigte den MG.

Wie vorausgesagt, hatte Justus sie nach etwa zwanzig Minuten zum Cañon del Padre navigiert. Die Gegend erwies sich, wie sie es erwartet hatten, als ein recht einsamer und trostloser Ort. Auf einer Straßenseite standen einfache, heruntergekommene Wellblechhütten, während auf der anderen Seite nur noch unbebautes Brachland und kümmerlich bewachsene Felder zu erahnen waren.
Bob hatte Mühe, in der Dunkelheit überhaupt etwas zu erkennen, und musste die Augen zusammenkneifen, damit er in der Lage war, die Schilder mit den Hausnummern zu entziffern. »Das war jetzt eben die Nummer 1268«, gab er an

Peter weiter. »Demnach bleiben noch genau 58 Häuser bis zum Ziel. Vorausgesetzt, dass auf dieser Seite weiterhin nur gerade Nummern kommen.«

Peter richtete seinen Blick stur auf die Fahrbahn. »Hat sich eigentlich von euch beiden schon jemand Gedanken darüber gemacht, wie wir weiter vorgehen sollen? Ich meine, wir können doch da nicht einfach an der Haustür klingeln und sagen: ›Einen recht schönen guten Abend! Wir mussten erfahren, dass Sie ein junges Mädchen aus Los Angeles entführt haben. Leider sehen wir uns gezwungen, Ihre Pläne zu vereiteln, und würden Bianca deshalb gern vorzeitig abholen, um sie wieder nach Hollywood zurückzubringen! *Ohne* die erhoffte Lösegeldsumme, wohlgemerkt!‹«

»Das ist schon mal ein guter Ansatz, Zweiter«, witzelte Bob. »Aber mal im Ernst: Ich hoffe, dass zumindest *du*, Justus, dir schon einen Plan zurechtgelegt hast, wie wir in der ganzen Sache vorgehen wollen.«

»Nur die Ruhe bewahren, Kollegen.« Der Erste Detektiv faltete den Stadtplan zusammen und legte ihn wieder zurück ins Handschuhfach. »Zunächst einmal werden wir den Wagen in gehörigem Abstand parken und uns vorsichtig zu Fuß an den Unterschlupf heranschleichen. Und dann sondieren wir die Lage. Wenn sich irgendwie herausstellen sollte, dass Bianca tatsächlich in diesem Haus versteckt gehalten wird, werden wir selbstverständlich auf Nummer sicher gehen und Inspektor Cotta hinzuziehen. Denn offen gestanden bin selbst ich nicht sonderlich scharf darauf, mich mit bewaffneten Entführern anzulegen. Solange wir aber nicht absolute Klarheit darüber erlangt haben, ob wir mit unserer Vermutung richtigliegen, macht es meines Erachtens wenig Sinn, blinden Alarm zu schlagen.«

Peter atmete erleichtert auf. »Warum hast du das nicht schon viel früher gesagt, Erster? Du hättest mir dadurch eine Menge Adrenalin erspart, das während der Fahrt hierher in meinen Kreislauf gepumpt wurde.«

»Umso entspannter kannst du ja jetzt sein«, entgegnete der Erste Detektiv süffisant. Er warf einen prüfenden Blick durchs Seitenfenster. »Und gleich auch einen Gang herunterschalten. Denn soeben sind wir an der Hausnummer 1344 vorbeigefahren. Nur noch wenige hundert Meter trennen uns von unserem Ziel.«

Doch hier irrte der Erste Detektiv. Nachdem sie wenig später im Schritttempo das Haus mit der Nummer 1380 hinter sich gelassen hatten, stutzte Justus plötzlich.

»Das ist ja merkwürdig ...«

»Was ist denn jetzt schon wieder?«

»Immer locker bleiben, Zweiter. Nichts Weltbewegendes«, meinte Justus gelassen. »Es ist nur so, dass das letzte Haus hier die Nummer 1382 hat.«

»Und was bedeutet das?«

Justus deutete zur Windschutzscheibe. »Vor uns befindet sich zu beiden Seiten nur Brachland. Du kannst deshalb ruhig noch einmal Gas geben, Zweiter.«

»Soll das heißen, dass sich die Nummer 1384 hier nicht befindet?«, meldete sich Bob von der Rückbank zu Wort.

»So sieht es aus. Und das wiederum bestätigt meinen Verdacht, dass sich das Objekt unseres Interesses in unmittelbarer Nähe der auf dem Stadtplan eingezeichneten Mülldepo-

nie oder des Schrottplatzes befindet, von dem ich euch vorhin erzählt habe.«
»Na super!« Peter schaltete in den dritten Gang und beschleunigte wieder. »Ist euch eigentlich aufgefallen, dass hier nirgends Menschen zu sehen sind? Fahrzeuge sind uns in den letzten zehn Minuten auch keine begegnet, und wenn ich mir die Gegend da vor uns ansehe, wird sich das in naher Zukunft kaum ändern ...«
Justus und Bob ignorierten diese Bemerkung und blickten stumm aus den Fenstern. Etwa drei Meilen blieb die Landschaft zu beiden Seiten unverändert. In der Dunkelheit waren nur hügelige Felder zu erkennen. Doch plötzlich schreckte Justus erregt hoch und deutete zur linken Seite der Fahrbahn. »Fahr langsamer, Peter!«
Im fahlen Mondlicht, das die Wolken jetzt freigegeben hatten, war eine weitere Wellblechhütte zu erkennen. Sie lag etwas abseits der Straße, und soweit es von hier auszumachen war, brannte hinter den Fenstern kein Licht. Peter brachte den Wagen augenblicklich zum Stehen. »Verflixt! Ich hatte bis zum letzten Moment gehofft, dass es diese verfluchte Hausnummer 1384 gar nicht gibt. Aber das wird sie wohl sein, oder?«
»Schalte als Erstes die Scheinwerfer aus«, sagte Justus leise. »Und dann parke dort am Feldrand vor dem Gebüsch.«
Peter folgte der Aufforderung und schaltete dann den Motor aus. Schweigend blieben die drei Detektive im Wagen sitzen und blickten zu der Wellblechhütte hinüber, die nun etwa hundert Meter von ihnen entfernt an einem schmalen Feldweg stand.

»Wisst ihr, wir haben ja schon etliche brenzlige Fälle am Wickel gehabt, Freunde …«, bemerkte Bob schließlich, dem das ganze Unternehmen, ebenso wie Peter, ganz und gar nicht mehr geheuer war. »Und zu Hause in Kalifornien hätte ich mit der Sache ja nicht das geringste Problem. Aber hier in Mexiko … im Stockdunklen … und dazu noch so fernab jeglicher Zivilisation …«

»Dann lasst uns umkehren.« Unruhig begann Peter auf seinem Fahrersitz hin und her zu rutschen. »Noch haben wir die Möglichkeit dazu!«

Justus löste seinen Gurt und öffnete entschieden die Wagentür. »Wenn ihr das Mädchen da drin seinem Schicksal überlassen wollt, dann gehe ich eben ohne euch! Aber wagt es nicht, hier wegzufahren, bis ich, alleine oder mit Bianca, wieder zurück bin!« Ohne sich noch einmal umzudrehen, stieg er aus dem MG, drückte die Tür leise ins Schloss zurück und ging im Schatten des lang gezogenen Gebüsches langsam auf die kleine Wellblechhütte zu.

Die beiden Jungs im Auto sahen sich betroffen an. Dann gab sich Bob einen inneren Ruck und öffnete ebenfalls die Wagentür. »Wie sieht's aus, Zweiter? Hältst du hier die Stellung oder kommst du mit?«

Peter atmete tief durch. »Also schön, ich bin dabei. Aber nur, weil man mich moralisch dazu zwingt!« Dann löste auch er seinen Gurt und stieg mit Bob aus.

Mit leisen Schritten huschten sie durch die Dunkelheit, bis sie Justus eingeholt hatten. Sie näherten sich nun zu dritt der einsamen Hütte, die nach wie vor in völliger Dunkelheit vor ihnen lag …

Kein Empfang!

Als sich die drei Detektive der Wellblechbehausung bis auf wenige Meter genähert hatten, war deren verwahrloster Zustand schon von außen deutlich zu erkennen. Die ehemals weißen Wände wiesen etliche Rostflecken auf, und beide der von innen mit fadenscheinigen Vorhängen zugezogenen Fenster waren von großen Sprüngen durchzogen.
Links vor dem Haus entdeckte Bob zwei tiefe Fahrrillen im lehmigen Boden – ein klarer Hinweis darauf, dass hier häufiger ein Auto geparkt haben musste. Jetzt war auf dem gesamten Gelände kein Fahrzeug zu sehen, was jedoch nicht bedeuten musste, dass sich niemand in der Hütte aufhielt. Schließlich hatte zumindest einer der Entführer mit Bianca die Strecke von der Einkaufsstraße Emiliano Zapata bis hierher mit dem Taxi zurückgelegt. Aus diesem Grund war weiterhin äußerste Vorsicht angebracht, und Justus legte demonstrativ wortlos den Finger an die Lippen.
Die Jungen blieben stehen und versuchten zu orten, ob irgendein Geräusch aus der Hütte drang. Doch außer dem leisen Rauschen des Abendwindes, der sanft durch die Büsche strich, drang kein einziger Laut zu ihnen. Deshalb riskierte es Justus, noch näher an die Behausung heranzuschleichen.
Vorsichtig trat er auf die Schwelle und presste sein Ohr an die Haustür. Plötzlich ertönte ein lautes Klacken, die Tür sprang blitzschnell auf und der Erste Detektiv stürzte mit lautem Gepolter auf den gefliesten Boden des Eingangsflurs. Justus, Peter und Bob waren zu Tode erschrocken und jeder

der drei Jungen verharrte stocksteif an seinem Platz. Mit klopfenden Herzen lauschten sie in die Stille, doch alles blieb ruhig. Justus war der Erste, der sich aus seiner Erstarrung löste. Langsam erhob er sich wieder und rieb sich mit schmerzverzerrtem Gesicht sein linkes Bein.

Peter und Bob kamen zögerlich heran.

»Oh, Mann, was war das denn?«, fragte der Zweite Detektiv im Flüsterton. Dabei warf er einen argwöhnischen Blick ins Innere der Hütte. Der Flur und der dahinter liegende Raum waren unbeleuchtet.

»Ich hab mich bei meiner Lauschaktion wohl ein wenig zu stark gegen die Tür gelehnt. Da muss das Schnappschloss aufgesprungen sein«, mutmaßte Justus.

»Und meinst du, hier ist noch jemand?« Bob trat zögernd vor und riskierte nun auch einen Blick in die Räumlichkeiten. Doch in der Dunkelheit war kaum etwas auszumachen. Nur schemenhaft waren im angrenzenden Raum ein Tisch und drei Stühle zu erkennen.

Justus schüttelte den Kopf. »Bei dem Lärm, den ich eben veranstaltet habe, kann ich mir das schwer vorstellen.«

»Vielleicht schlafen die aber auch schon …«, gab Peter zu bedenken. Er fühlte sich äußerst unbehaglich.

Bob blickte auf das phosphoreszierende Zifferblatt seiner Armbanduhr. Es zeigte zwanzig Uhr zehn an. »Ziemlich unwahrscheinlich, Zweiter. Ich kann mir nicht vorstellen, dass Verbrecher, die vor wenigen Stunden ein junges Mädchen entführt haben, die nötige Ruhe haben, sich so frühzeitig aufs Ohr zu legen.«

»Dennoch sollten wir jetzt nicht unvorsichtig werden, Kolle-

gen«, flüsterte Justus und betrat zögernd den angrenzenden Raum. Der Teppich schluckte jeden seiner Schritte. »Hallo?«, rief er in die Finsternis. »Ist jemand zu Hause?«
Es folgte keine Reaktion. Nicht das kleinste Geräusch war zu vernehmen.
»Hallooo?«, meldete sich nun auch Peter zu Wort. »Wir hatten eine Autopanne und wollten fragen, ob wir hier kurz telefonieren dürfen!«
Weiterhin absolute Stille.
»Hier ist niemand«, stellte Justus fest und tastete neben dem Türrahmen nach einem Lichtschalter. Schnell hatte er ihn gefunden und betätigte ihn. Sekunden später flammte an der Decke eine Neonröhre auf, die den Raum notdürftig in ein schwaches, kaltes Licht tauchte. Die drei Detektive sahen sich in dem kärglich möblierten Zimmer um. Neben einem Tisch und drei Stühlen lagen nur noch zwei alte Matratzen auf dem durchlöcherten Teppichboden. In einer Ecke entdeckte Bob eine zerfledderte Tageszeitung, während Peters Blick an der Tapete hängen blieb, die sich an vielen Stellen schon von der Wand ablöste.
Der Zweite Detektiv rümpfte die Nase und schnüffelte. »Hier riecht es eklig. Nach Schnaps und abgestandenem Zigarettenqualm.«
»Das sollte uns jetzt nicht weiter tangieren, Kollegen«, entgegnete Justus und deutete dabei auf eine schmale Seitentür, die sich am Ende des Raumes befand. Wortlos ging er darauf zu, drehte den Knauf und öffnete sie.
Peter und Bob traten neugierig näher. Hinter der Tür befand sich eine kleine Kammer, die gerade eben lang genug für das

rostige Bettgestell war, das in ihr untergebracht war. Darauf lag eine ebenfalls verschlissene Matratze, die schon etliche Löcher aufwies. Am Fußende war an der Wand im diffusen Lichtschein ein Regal zu erkennen, in dem etliche Gegenstände verstaut waren.

»Mach doch mal Licht, Just.«

Der Erste Detektiv folgte Bobs Aufforderung, doch auch nach mehrmaligem Drücken des schmalen Kippschalters tat sich nichts – entweder war die Deckenlampe kaputt oder es befand sich gar keine Glühbirne in der Fassung. »Tja, Fehlanzeige«, konstatierte er mit einem Schulterzucken und warf dann einen genaueren Blick auf die Dinge, die sich in dem Regal befanden: ein Stapel Gesellschaftsspiele, ein Wasserball, aus dem die Luft schon zur Hälfte entwichen war, und ein alter Fahrradkorb, gefüllt mit Stofftieren und Puppen.

»Spielzeug ...«, murmelte Justus nachdenklich. »Äußerst seltsam ...«

»Da stimme ich dir zu, Erster«, sagte Bob. »Aber ansonsten weist in dieser Bruchbude kein Indiz darauf hin, dass der Entführer und Bianca sich hier aufgehalten haben. Geschweige denn, dass heute überhaupt jemand hier gewesen ist.«

Peter verzog das Gesicht. »Also wenn man von diesem penetranten Gestank ausgeht, der die ganze Bude verpestet, dann würde ich sagen, dass sich hier doch niemand freiwillig länger als zehn Minuten aufhalten würde. Und wenn ihr mich fragt, beschleicht mich immer mehr der Verdacht, dass sich dieser Juan Conzales beim Belauschen des Entführers schlicht und ergreifend bei der Hausnummer verhört hat. Womöglich handelte es sich dabei um die Nummer 1284. Das klingt schließlich so ähnlich wie 1384. Aber es kommen auch noch ganz andere Zahlendreher in Betracht. Unmöglich also, die infrage kommenden Häuser alle zu überprüfen.« Er gähnte breit. »Und schon gar nicht heute Nacht.«

»Heißt das etwa, dass wir aufgeben sollen?« Justus warf Peter einen feindseligen Blick zu.

»Ganz im Gegenteil«, erwiderte dieser. »Die arme Bianca muss schließlich so schnell wie möglich aus den Fängen dieser Entführer befreit werden. Je früher, desto besser! Und deshalb schlage ich vor, dass wir jetzt sofort Inspektor Cotta informieren! Er wird über Mittel und Wege verfügen, den genauen Standort von Biancas Handy zu orten.«

Justus verdrehte die Augen. »Eine tolle Idee, Zweiter! Dürfte ich dich freundlicherweise daran erinnern, dass sich das Handy im Besitz dieses Juans befindet? Möglicherweise hat er es inzwischen sogar schon weiterverkauft.«

»Aber nur *möglicherweise*!«, entgegnete Peter spitzfindig. »Und wie man es dreht und wendet: Dieser Juan ist die einzige Person, die in der Lage ist, zumindest einen der Entführer näher zu beschreiben. Nach seinen Angaben könnte Cotta ein genaues Phantombild anfertigen lassen, mit dem man in ganz Kalifornien und Mexiko nach diesen Verbrechern fahnden kann. Und deshalb plädiere ich dafür, den Inspektor jetzt *sofort* anzurufen.«

»Das hört sich vernünftig an«, stimmte Bob zu. »Also ich bin einverstanden. Soll sich Cotta doch mit diesem Juan Conzales auseinandersetzen. Damit sind wir raus aus der Geschichte und müssen auch nicht mehr befürchten, in die Schusslinie dieser Entführer zu geraten.«

Justus sagte kein Wort. Er stand nur da und zupfte nachdenklich an seiner Unterlippe.
»Wenn *du* dich nicht traust, den Inspektor anzurufen, dann tu *ich* es eben! Ich meine, für den Fall, dass du Schiss vor der gehörigen Kopfwäsche hast, die Cotta uns sicher verpassen wird, weil wir ihm die Sache nicht schon heute Nachmittag gemeldet haben.«
»Peter hat recht«, stimmte Bob noch einmal zu. »Also ich bin dafür!«
Justus verzog keine Miene und vergrub seine Hände in den Hosentaschen. »Schön, Kollegen«, sagte er schließlich. »Ich beuge mich der Mehrheit. Denn offen gestanden fällt mir zurzeit auch keine andere Möglichkeit ein, in dem Fall voranzukommen.« Schwerfällig zog er sein Handy aus der Jackentasche und begann zögernd, Cottas Nummer einzutippen. Doch schon nach einigen Sekunden stutzte er und warf einen irritierten Blick auf das Display.
»Stimmt was nicht?«, erkundigte sich Peter, der Böses ahnte.
Justus hielt seinen Freunden das Handy vor die Nase. »So sieht es aus, Kollegen. Wir haben hier keinen Mobilfunkempfang. Und zu allem Übel ist auch noch der Akku fast leer.«
»Bitte?!« Peter lachte hohl. »Mach keine Witze, Erster …«
»Das würde ich angesichts der Lage niemals wagen.«
Bob wandte sich um und deutete zur Eingangstür. »Probieren wir es draußen, Freunde. Kommt!«
Mit schnellen Schritten verließen die drei Detektive die Hütte und traten ins Freie. Justus betätigte die Wahlwiederholung. Doch auch hier zeigte sich das gleiche Ergebnis: Sie befanden sich in einem Funkloch!

»Und was machen wir jetzt?«, fragte Bob ratlos.
»Das liegt doch auf der Hand! Wir steigen umgehend in meinen Wagen und kehren nach Rocky Beach zurück! Ich für meine Person möchte mich hier keine Sekunde länger aufhalten. Und irgendwann werden wir auf der Strecke schon wieder ein Netz haben. Dann rufen wir Cotta eben von unterwegs aus an. Nur erst mal weg hier!«
Der Erste Detektiv atmete tief durch. »Also schön. Machen wir uns wieder auf den Weg. Ich schalte nur noch kurz das Licht da drinnen aus.« Er verschwand in der Hütte und kehrte kurz darauf wieder zurück. Dann zog er die Tür ins Schloss und folgte seinen Freunden zum Wagen.
Peter machte in Gedanken drei Kreuze, diese unheimliche Gegend endlich verlassen zu können, und war sichtlich beruhigt, als er sich auf den Fahrersitz seines MG sinken lassen konnte. Er drehte den Schlüssel im Zündschloss, doch nichts tat sich. Fassungslos wiederholte er den Vorgang. Aber auch beim dritten und vierten Versuch hatte er keinen Erfolg.
»Verflixt! Das gibt es doch nicht!«
»Die Batterie wird doch wohl nicht leer sein?«, mutmaßte Justus und blickte Peter fragend an.
Der Zweite Detektiv schaltete die Scheinwerfer ein, die auch sogleich aufleuchteten.
»Hm … diese Fehlerquelle können wir also ausschließen …« Bob überlegte. »Und wie sieht es mit dem Benzintank aus?«
Peter beugte sich über das Lenkrad und überprüfte die Tankanzeige. »Noch bis zur Hälfte gefüllt.«
»Dann versuch es noch mal«, schlug Justus vor. »Möglicherweise liegt es ja nur an einem Wackelkontakt.«

Doch sooft der Zweite Detektiv sich auch bemühte, den MG zu starten, der Wagen wollte nicht anspringen.
»Dann sollten wir vielleicht mal unter der Motorhaube nachsehen«, fiel Bob als letzte Möglichkeit ein. »Ich meine, irgendwo muss die Fehlerquelle doch zu finden und zu beheben sein.«
»Unter der Motorhaube nachsehen!«, wiederholte Peter sarkastisch. »Ein toller Vorschlag! Auch mit den Autoscheinwerfern ist es da draußen so dunkel wie in einem Hamsterpopo, und wir haben keine einzige Taschenlampe dabei, schon vergessen? Oder willst du vielleicht mit dem Feuerzeug im Motorraum rumhantieren und mein Auto in die Luft jagen? Dann wäre allerdings gleich die ganze Straße hell erleuchtet!«
Wütend schlug er mit der Faust aufs Armaturenbrett.
Justus zog sein Handy hervor und warf einen erneuten Blick auf das Display. »Und hier haben wir nach wie vor keinen Empfang. Das kann nur eins bedeuten, Kollegen ...«
»Vergiss es, Erster!«, entfuhr es Peter, der sofort wusste, worauf Justus anspielte. »Wenn du glaubst, dass ich in dieser Horrorhütte dort vorne übernachte, dann hast du dich geschnitten!«
»Wohl oder übel wird uns aber nichts anderes übrig bleiben, Zweiter. Es sei denn, dass du es vorziehst, heute Nacht in diesem Wagen zu schlafen.«
»Wobei ich noch darauf hinweisen möchte, dass wir morgen früh dann steif wie die Mumien wären«, gab Bob zu bedenken. »Zumindest was eine Übernachtung auf den Vordersitzen beträfe.«
Justus nickte zustimmend. »Als Alternative bliebe aber noch

die Möglichkeit, dass du dich hier hinten auf der Rückbank zur Ruhe bettest, während Bob und ich es uns in der Hütte auf den Matratzen gemütlich machen.«

»Kommt überhaupt nicht infrage!«, wehrte Peter entschieden ab. »Entweder alle oder keiner! Alleine übernachte ich hier draußen auf keinen Fall! Dann laufe ich lieber zurück, bis wir wieder Netz haben!«

Bob sah ihn entgeistert an. »Na, dann viel Spaß beim Wandern, Zweiter! In dieser trostlosen Einöde kann das Stunden dauern!«

»Gut. Damit ist die Sache geklärt.« Justus öffnete die Beifahrertür und stieg wieder aus dem MG. Bob folgte.

Doch Peter wollte sich nicht so leicht geschlagen geben und versuchte noch einige Male, den MG wieder zum Laufen zu bringen – ohne den geringsten Erfolg. Die Zündung gab keinen Laut von sich. Schließlich kapitulierte er und stieg missmutig aus dem Wagen.

Bob begann zu frösteln, denn mittlerweile war es draußen empfindlich kalt geworden. »Du hast nicht zufällig noch drei Schlafsäcke in deinem Kofferraum herumliegen, Zweiter, oder?«

»Und wovon träumst du nachts?«, entgegnete Peter gereizt. Dennoch trat er nach hinten, öffnete den Kofferraumdeckel und begann in der Dunkelheit – mehr tastend als sehend – in dem Krimskrams herumzuwühlen, der sich im Laufe der letzten Zeit darin angesammelt hatte.

Plötzlich erhellte sich sein Gesicht und er förderte einen Stapel zusammengefalteter Wolldecken zutage. »Wir habenmehr Glück als Verstand!«, kommentierte er trocken. »Diese

Dinger befinden sich immer noch hier drin, seit wir uns damals in die Wüste aufgemacht haben, um Kommissar Reynolds zu retten.«

Justus nahm Peter den Stapel ab und zwinkerte ihm dankbar zu. »Ein Hoch auf deine Bequemlichkeit, den MG nur alle Jubeljahre einmal auszumisten, Zweiter! Und nun kommt!«

Nur widerwillig folgte Peter seinen Freunden in die Hütte zurück, zumal er jetzt schon ahnte, dass er in dieser unheimlichen Behausung die ganze Nacht kein Auge zubekommen würde.

Das pure Entsetzen

»Habt ihr eigentlich gar keine Angst, dass wir hier über Nacht unerwünschten Besuch kriegen könnten?«, sprach Peter seine Bedenken aus, als er kurze Zeit später in dem übel riechenden Zimmer mit seinen Freunden am Tisch saß.
Justus hielt gähnend seine Hand vor den Mund. »Ich glaube nicht, dass unsere Nachtruhe gestört wird, Zweiter. Und selbst wenn: Wir hatten eine Wagenpanne und mussten hier notgedrungen unser Lager aufschlagen. Das wäre ja schließlich noch kein Grund, uns gleich umzubringen. Ganz egal, ob es sich bei dem Besuch um die Entführer oder nur ganz normale Obdachlose halten sollte.«
»Apropos Obdach«, ergriff Bob die Gelegenheit beim Schopf. »Hier auf dem Boden liegen zwei Matratzen, und nebenan – ich bezeichne diese Kammer mal als ›Kinderzimmer‹ – befindet sich ein herrschaftliches Bett. Angesichts der fortgeschrittenen Stunde und der Empfehlung, diese Residenz morgen so früh wie möglich wieder zu verlassen: Wollen wir nicht mal ausloten, wer heute Nacht *wo* schläft? Denn ehrlich gesagt würde ich mich gerne gleich aufs Ohr legen.«
Justus erhob sich von seinem Platz. »Dann schlage ich ›Stein, Schere, Papier‹ vor! Der Gewinner darf im Kinderzimmer residieren.« Er baute sich vor seinen Freunden auf. »Wer will anfangen?«
Bob stand auf und ging auf ihn zu. »Ich fordere dich heraus, Erster. Bist du bereit?«
»Alles klar! Dann los!«

»Eins, zwei, drei!«
Justus' Hand war flach ausgestreckt: Papier! Bob hatte eine Faust gebildet: Stein.
»Das Papier wickelt den Stein ein«, gab Peter den Schiedsrichter. »Papier gewinnt! Damit ist Bob aus dem Rennen. Also entscheidet das Schicksal zwischen uns, Just!« Er stellte sich dazu und begann zu zählen. »Eins, zwei, drei!«
Dieses Mal ballte Peter die Hand zu einer Faust: Stein! Justus hielt den Zeige- und Mittelfinger gespreizt: Schere!
»Ganz klare Sache«, kommentierte Bob. »Der Stein macht die Schere stumpf. Damit steht der Sieger fest!«
»Gratulation, Zweiter!« Justus reichte Peter die Hand. »Nach der langen Strecke als Fahrer auf dem Highway hast du dir das Bettchen auch redlich verdient!«
Peter lächelte gequält, doch dann strich seine Zunge über seinen trockenen Gaumen und plötzlich wurde ihm bewusst, dass er und seine beiden Freunde seit Stunden nichts mehr getrunken hatten.
»Ich weiß ja nicht, wie es mit eurem körperlichen Flüssigkeitsspeicher aussieht«, wandte er sich an seine Freunde, »aber ich bin nahezu am Verdursten.«
Bob nickte stumm. »Jetzt, wo du es sagst, fühle ich mich auch wie ausgetrocknet, Zweiter. Die außergewöhnlichen Umstände der letzten Stunden haben diese Tatsache schlicht in den Hintergrund gedrängt. Zu dämlich auch, dass wir uns zwischendurch nicht an einer Tankstelle oder in einem Supermarkt mit Getränken eingedeckt haben.«
Missmutig blickten die beiden Justus an. Doch dieser zuckte resigniert mit den Schultern. »In der Not frisst der Teufel

bekanntlich Fliegen, Kollegen. Und wenn er – wie wir – am Verdursten ist, wird er wohl *das* trinken müssen, was ich – gelinde ausgedrückt – nahezu als eine Zumutung umschreiben würde.«

»Ach!? Und das wäre?«, fragte Peter perplex.

Stumm deutete der Erste Detektiv in Richtung Flur. »Vorhin bei unserer Inspektion der Räume habe ich einen flüchtigen Blick in die kleine Nische neben der Eingangstür geworfen. Auf knapp zwei Quadratmetern befinden sich darin eine Toilette und ein Waschbecken. Soweit ich es in dem diffusen Licht erkennen konnte, beides in einem mehr oder minder unappetitlichen Zustand. Und ob aus dem Hahn überhaupt Wasser kommt, ziehe ich bei dem katastrophalen Zustand dieser Behausung doch arg in Zweifel.«

»Na toll«, kommentierte Peter sarkastisch. »Du verstehst es wirklich, einem den Mund wässrig zu machen. Doch bevor ich verdurste, wage ich das teuflische Experiment!« Er war gerade im Begriff, sich vom Stuhl zu erheben, als die Neonröhre an der Decke über ihnen aus unerfindlichen Gründen plötzlich zu flackern begann. Zwei-, dreimal flammte sie noch auf, ehe das kalte Licht plötzlich erstarb und sich die Jungs in völliger Finsternis befanden.

Bob musste gegen seinen Willen lachen. »Das … das ist doch jetzt ein Witz, Freunde … Oder!?« Etwas anderes wollte ihm in dieser bizarren Situation partout nicht einfallen.

»Jetzt flipp ich echt gleich aus …«, drohte Peter seinen nahenden Nervenzusammenbruch an. Seine Lippen bebten. »Das darf doch nicht wahr sein … Wenn das alles ein Horrorfilm wäre, würde ich jetzt genau an dieser Stelle auf die

Stopptaste drücken und mir die Bettdecke über den Kopf ziehen. Aber … ich halte diesen Durst nicht mehr aus. Ich muss jetzt unbedingt etwas trinken!«

Justus antwortete nicht, nestelte stattdessen in seiner vorderen Hosentasche herum und zog schließlich ein Feuerzeug hervor. Eine Sekunde später flammte daraus ein flackerndes Licht auf.

»Behalte die Ruhe, Zweiter«, versuchte Bob seinen Freund zu besänftigen. »Panik führt zu gar nichts und gibt der Schlange nur die Gelegenheit, das erstarrte Kaninchen restlos zu verschlingen.«

»Sollen wir dich zur Toilette begleiten?«, erkundigte sich Justus ruhig. »Oder findest du den Weg dorthin allein?«

Fast beleidigt schnappte sich Peter das Feuerzeug aus Justus' Hand, erhob sich vom Stuhl und trat auf den Flur hinaus.

Bob kicherte unterdrückt in seine hohle Hand und war gerade im Begriff, Justus einen zynischen Kommentar zuzuraunen, als ein ohrenbetäubender Schrei die Stille zerriss! Instinktiv fuhren die beiden Jungs in die Höhe und eilten durch die Dunkelheit in Richtung Flur. Mitten im Türrahmen prallten sie unsanft mit Peter zusammen, der sich, panisch nach Luft schnappend, kaum mehr einkriegen konnte.

»Da … da … da drin! Der Horror! Der absolute Horror!« Seine Hände krallten sich an Bobs Gürtel. »Wir müssen raus hier! Sofort! Raus hier! Die wird uns alle umbringen!«

Justus versuchte zu orten, ob aus der Richtung des Toilettenraumes irgendetwas zu vernehmen war. Doch es war nicht das geringste Geräusch auszumachen. Außer Peters heftiger Schnappatmung war alles still.

Langsam beschleunigte sich auch Bobs Herzschlag. »Beruhige dich erst mal, Zweiter«, versuchte er Peter und auch sich selbst zu besänftigen. »Was um alles in der Welt hast du denn?«
»Im … Waschbecken … Da … da sitzt eine riesige Spinne!« Seine Finger krallten sich noch immer fest an Bobs Gürtel.
»Wie jetzt?!« Justus glaubte sich verhört zu haben. »Und deshalb bist du hier am Hyperventilieren? Das kann doch nicht dein Ernst sein! Wo hast du mein Feuerzeug?«
Der Zweite Detektiv zitterte wie Espenlaub. »Das … das ist mir aus der Hand gefallen … Aber wir müssen hier abhauen! Sofort!«
»Komm mit, Bob.« Entschlossen schob sich Justus an Peter vorbei.
Aber der zog ihn hysterisch zurück.
»Ihr dürft da nicht rein! Das Vieh ist der absolute Albtraum!« Seine Stimme überschlug sich.
Bob war aufgrund der Tatsache, dass nur ein harmloses Krabbelwesen Peters Hysterie ausgelöst hatte, restlos erleichtert. Wie oft schon war es vorgekommen, dass der Zweite Detektiv in brenzligen Situationen die Fassung verloren hatte, nur weil er einen sich im Wind bewegenden Ast für eine Spukerscheinung oder eine streunende Katze im Dunkeln für ein unberechenbares Monster gehalten hatte. Peter war halt, wie er war, das musste man wohl oder übel so hinnehmen. Wenn es einen auch manchmal – wie in diesem Fall – schier zur Verzweiflung trieb.
Und so heftete sich der dritte Detektiv an Justus, der sich schon etliche Schritte in Richtung Toilettenkammer vorgetastet hatte.

Peter blieb ängstlich zurück und wich nicht von der Stelle.
»Ich hatte schon Mördervisionen«, raunte Bob dem Ersten Detektiv witzelnd ins Ohr. »Aber wir fallen auch immer wieder gerne auf die Horroranfälle unseres Zweiten herein.«
Justus grinste zustimmend. Dann suchten seine Hände nach dem Türrahmen des WC-Raumes. Langsam ging er zu Boden und tastete nach dem Feuerzeug, das Peter hier irgendwo fallen gelassen haben musste. Aber wo? Seine Finger glitten über die Fliesen, die sich unangenehm speckig anfühlten. Nichts. Er suchte weiter und fuhr mit der Hand am unteren Keramikrand der Toilette entlang. – Da! Seine Finger berührten das Feuerzeug. Hastig griff er danach, erhob sich und betätigte mit einem Ratschen das Licht spendende Kleinod. In dieser Sekunde packte sogar den sonst so coolen Justus ein mörderisches Entsetzen – dem zwei gellende Aufschreie folgten! Von Panik erfasst, sprangen der Erste und der dritte Detektiv einen Schritt zurück. In dem Waschbecken lauerte eine haarige Spinne, die so groß war, dass sie beinahe die gesamte Vertiefung ausfüllte. Allein ihr runder Körper besaß die Ausmaße einer Billardkugel! Regungslos verharrte das Tier in der Metallwanne; die bleistiftlangen, unbehaarten Beine waren angewinkelt und glänzten im flackernden Schein des Feuerzeugs.
Die Augen der zwei Detektive weiteten sich vor Schreck und keiner der beiden wagte sich auch nur einen Millimeter von der Stelle zu bewegen.
»Was ist los mit euch?«, brachte Peter aus dem Nebenraum ängstlich hervor. »Warum sagt ihr nichts? – So antwortet doch!«

Justus fehlten die Worte. In seinem ganzen Leben hatte er noch kein Spinnentier in solch einer überdimensionalen Größe gesehen, weder auf einem Foto noch in der Realität. Obwohl er sich gut auskannte, konnte er es keiner ihm bekannten Gattung zuordnen, geschweige denn sagen, ob es giftig war oder nicht. Das Feuerzeug in seiner Hand begann unkontrolliert zu zittern und die Flamme warf unheimliche Schatten ins Innere des Beckens.
»Himmel, was für ein Monster!«, entwich es Bob fassungslos. »Das Vieh sieht mir äußerst unsympathisch aus, Just. Und es glotzt uns an …«
Der Erste Detektiv wagte kaum zu atmen und schon gar nicht, die Spinne auch nur für einen kurzen Augenblick aus den Augen zu lassen.
Doch bevor die beiden einen klaren Gedanken fassen konnten, fuhr plötzlich eine kurzes Zucken durch das Tier. Es setzte die Beine zum Sprung an und schoss blitzschnell aus dem Becken – direkt auf die Jungen zu!
»Ahhhhhhhhhhhhhh!«
Die zwei Detektive wichen in Todesangst zurück und prallten gegen die Wand. Reflexartig war Justus' Daumen vom Feuerzeug gerutscht und es wurde wieder stockdunkel.
»Mach Licht, Erster!«, schrie Bob aufgebracht. »Na, los doch! Mach schon!«
Justus' brauchte einige Sekunden, um das Feuerzeug erneut zu betätigen.
Panisch glitten die Augen der beiden Jungen über die Fliesen. Wo befand sich die Kreatur?
»Was ist los mit euch?«, erklang in diesem Moment Peters

Stimme ängstlich vom Flur her. »Warum sagt ihr, verflixt noch mal, nichts? – Justus? Bob?«

»Da!« Wie von einem Stromschlag getroffen, deutete der Erste Detektiv auf den Boden. »Das Vieh sitzt auf deinem Schuh, Bob!«

»Ahhhhhh!« Unwillkürlich sprang Bob ruckartig zurück und registrierte im flackernden Licht des Feuerzeugs, wie die monströse Spinne durch die rasche Bewegung seines Fußes vom Schuh geschleudert wurde, durch den Raum flog und wieder auf dem Boden landete. Regungslos verharrte sie auf den Fliesen, als würde sie listig darauf lauern, was die zwei Jungen planten.

Fieberhaft begannen Bobs Augen den engen Raum nach einem geeigneten Gegenstand abzusuchen, mit dem sich das Spinnentier einfangen ließ.

Justus spürte derweil, wie der metallene Aufsatz des Feuerzeuges immer heißer wurde und sein Daumen durch die Hitze schmerzhaft zu pochen begann. »Lass dir etwas einfallen, Bob«, stieß er hervor. »Ich verbrenne mir gleich die Flossen!«

In dieser Sekunde entdeckte Bob den Eimer, der sich hinter dem Behälter mit der Klobürste befand. Diverse Putzlappen und zwei Rollen Toilettenpapier lagen darin. Einem inneren Reflex gehorchend griff er danach, schüttete den Inhalt, ohne zu überlegen, in die Kloschüssel und ließ ihn umgedreht auf die Spinne niedersausen. Laut scheppernd war das Tier gefangen! Kurz darauf versagte Justus' sengender Daumen seinen Dienst, glitt vom Feuerzeug, und absolute Finsternis umgab die beiden Jungs.

»Just …? Bob …?«, meldete sich Peter wieder stammelnd vom Flur her. »Seid ihr … seid ihr okay?«
Erst jetzt begann sich der Schock der zwei Detektive zu lösen. Justus gewann als Erster seine Fassung wieder. »Entwarnung, Zweiter«, rief er Peter erleichtert zu. »Das Ungeheuer ist unter einem Eimer gefangen!«
»Und wieso lasst ihr das Licht aus?«, erkundigte sich der Zweite Detektiv misstrauisch.
Der Erste Detektiv rieb sich seinen schmerzenden Daumen. »Weil das Feuerzeug erst mal abkühlen muss! Manche Sicherheitsaktionen erfordern mitunter ein schmerzhaftes Opfer, bei dem es sich wohl dieses Mal um eine heftige Brandblase handeln wird!«
Peter atmete erleichtert auf. Wenn Justus solche Reden schwang, konnte er gewiss sein, dass die Gefahr gebannt war. Vorübergehend zumindest. »Dann passt aber um Himmels willen darauf auf, dass ihr den Eimer in der Dunkelheit nicht mit euren Füßen umstoßt!«
Justus und Bob beherzigten die Warnung ihres Freundes und tasteten sich mit langsamen Schritten aus der stockdunklen Toilettennische heraus. Als sie im Flur mit Peter zusammenstießen, übergab der Erste Detektiv ihm das noch immer heiße Feuerzeug.
»Hier, Zweiter. Ein verkohlter Daumen reicht mir für heute. Aber wenn du masochistische Züge haben solltest, kannst *du* jetzt unsere Behausung im Licht erstrahlen lassen!«
Ohne lange zu fackeln, zog Peter den Ärmel seines Sweatshirts über seine Hand und ließ den geschützten Daumen über das Feuerzeug ratschen. »Also, Leute, Spot an!«

Mit zaghaften Schritten trat er an den Türrahmen zum Toilettenraum heran und warf einen beinahe angewiderten Blick auf den umgestülpten Metalleimer, der zu einem Gefängnis für die Spinne umfunktioniert worden war. »Und ihr meint wirklich, dass wir vor dem Monster jetzt sicher sind? Wenn dieses Horrorteil aus dem tiefen Waschbecken herausspringen konnte, dann schafft es es womöglich auch, mit den dicken Beinen, den Eimer hochzustemmen. Wir sollten zur Sicherheit zum Beschweren noch etwas darauflegen, damit –«
»Ein ausgezeichneter Vorschlag, Zweiter«, feixte Justus, der sich mittlerweile wieder vollends beruhigt hatte. »Daher schlage ich vor, dass du dich mit deinem Allerwertesten daraufsetzt und dich in dieser Position die ganze Nacht als Gefängniswärter betätigst.«
Peter wollte gerade lautstark Protest erheben, doch Bob ging schlichtend dazwischen. »Aufhören, Freunde! Das bringt doch nichts! Mal ganz davon abgesehen, dass auch ich ruhiger schlafen würde, wenn wir unseren unliebsamen Gast vorher noch in der freien Natur aussetzen.«
»Und wie willst du das anstellen?«, hinterfragte Peter, der tapfer weiterhin das brennende Feuerzeug in die Höhe hielt.
»Nebenan lag doch diese Tageszeitung auf dem Boden. Wartet kurz.« Schon war Bob in dem Nebenraum verschwunden und kehrte Sekunden später mit dem rettenden Papierbündel auf den Flur zurück. »Wenn du jetzt noch einige Sekunden für Licht sorgen kannst, Zweiter, haben wir gleich Ruhe.« Gefasst schob er sich an seinen beiden Freunden vorbei, kniete sich auf die Fliesen und schob vorsichtig und mit akribischer Ruhe die in der Mitte gefaltete Zeitung unter den Eimer.

Peter beobachtete diese Aktion mit Argusaugen. Jeden Moment rechnete er damit, dass das Spinnentier noch einen Trick auf Lager haben könnte, um sie zu überlisten und trotz aller Vorsicht der Falle zu entkommen.
Doch die heikle Aktion gelang ohne weitere Zwischenfälle. Bob erhob sich langsam und wies Justus an, die Haustür zu öffnen, um das Spinnentier umzusiedeln.
Peter wich erneut zurück und hob mahnend den Zeigefinger. »Aber trag das Tier weit genug vom Haus weg. Ich habe mal gehört, dass die Viecher einen verdammt guten Orientierungssinn haben und über genug Instinkt verfügen, um sich in ihrer alten Behausung erneut einzunisten!«
»Keine Sorge, Peter.« Bob drehte sich vor der Haustür noch einmal um. »Ich werde das Krabbelmonster über Nacht in dem Eimer lassen und ihm erst morgen früh die Freiheit schenken. Damit ist sichergestellt, dass wir bis dahin keinen unerwünschten Besuch mehr kriegen.«
Er stellte den umgestülpten Eimer neben einem mannshohen Kaktus ab und wollte gerade in die Hütte zurückkehren, als in der Ferne plötzlich die Scheinwerfer eines nahenden Autos aufleuchteten.
Justus ging sofort in Alarmbereitschaft. »So viel also zum Thema *unerwünschter Besuch*, Kollegen!« Er verengte die Augen zu Schlitzen und winkte Bob zu sich heran. »Los, Bob, rein in die Hütte! Schnell!«
Der dritte Detektiv eilte in die Behausung zurück, deren Haustür Justus blitzschnell von innen verriegelte.
Peter wandte sich ängstlich an seine Freunde. »Meint ihr etwa, das sind die Entführer?«

Justus schlich tastend in den Nebenraum und versteckte sich neben dem Fenster, das den Blick zur Straße freigab. Im Dunkeln erfühlten seine Hände das Band einer Jalousie, deren staubige Lamellen er mit einem lauten Klappern rasch heruntersausen ließ. Dann schob er zwei Finger dazwischen und spreizte sie vorsichtig, um durch einen schmalen Sehschlitz die Straße beobachten zu können.
»Sind das die Entführer?«, wiederholte nun Bob Peters Frage und trat dabei unruhig von einem Bein aufs andere.
»Ich bin kein Hellseher«, gab Justus leise von sich. »Aber wenn wir noch einige Sekunden warten, werden wir auf eure Frage eine Antwort erhalten.«
Peter fühlte wallende Hitze in sich aufsteigen und wischte sich über die schweißnasse Stirn. »Das halten meine Nerven nicht aus! Wenn das tatsächlich der Wagen dieser Verbrecher ist und die hier reinkommen, sind wir hier drinnen genauso gefangen wie die Spinne da draußen unter dem Eimer!«
»Still jetzt«, zischte Justus und beobachtete mit Unbehagen, wie sich das Fahrzeug, ein dunkler Jeep, auf der einsamen Straße näherte, die Fahrgeschwindigkeit drosselte und zu seinem Entsetzen direkt vor der Einfahrt zum Stehen kam.
Bob hatte sich in der Zwischenzeit neben Justus postiert und biss tapfer die Zähne zusammen. »Jetzt wird es ernst, Freunde. Die Scheinwerfer erlöschen … Und ein Mann steigt aus dem Wagen …«
Trotz der Finsternis, die drinnen wie draußen vorherrschte, war die Erscheinung des Fremden zumindest schemenhaft zu erkennen. Er war mittelgroß und seinen Kopf zierte ein zerbeulter Schlapphut.

»Was machen wir denn jetzt? Was machen wir denn jetzt?« In seiner Panik drückte sich der Zweite Detektiv ganz dicht an die Wand heran und wagte kaum zu atmen.
»Er kommt direkt auf das Haus zu«, zischte Justus tonlos. »Aber egal, was passiert: Behaltet bei allem, was euch heilig ist, die Ruhe! Und außerdem –«
Ein metallenes Scheppern an der Haustür ließ die drei Detektive schlagartig zusammenfahren.
Peter erstarrte. »Verdammt!«, zischte er kaum hörbar. »Der wundert sich natürlich jetzt, weshalb die Haustür von innen verriegelt ist.«
»Der wird ja wohl einen Schlüssel haben. Das mutmaße ich zumindest. Aber selbst wenn nicht, wird es ihm keine allzu großen Schwierigkeiten bereiten, sich dennoch Zutritt in diese Hütte zu verschaffen.«
»Zumal er ganz sicher weiß, dass sich hier drinnen jemand aufhält, Erster«, zischte Bob. »Schließlich ist Peters MG unübersehbar.«
Plötzlich verstummte das bedrohliche Geräusch, und mit einem Mal wurde es so still, dass man eine Stecknadel hätte zu Boden fallen hören können.
Keiner der drei Jungen wagte es, auch nur einen Laut von sich zu geben. Wie zu Salzsäulen erstarrt lauschten sie in die Dunkelheit, doch es schien, als hielte die gesamte Welt den Atem an.
Dann hob Justus überraschend den Arm und deutete stumm nach draußen. Der geheimnisvolle Fremde trat den Rückweg zu seinem Wagen an.
»Oh, Mann …« Bob spürte ein Zittern, das sich über seinen

ganzen Körper ausbreitete. »Wenn wir Pech haben, Freunde, geht der jetzt zu seinem Jeep und kehrt danach mit einer Brechstange wieder zurück!«

»Und mit der wird er nicht nur die Tür aufbrechen, sondern uns anschließend auch noch die Rübe einschlagen«, gab Peter seine üblen Vorahnungen zum Besten. »Wir sind erledigt. Endgültig. Das war der letzte Fall in der Laufbahn der drei ???, Leute. Das garantiere ich euch!«

Doch genau in diesem Augenblick blieb der Fremde auf halber Strecke zu seinem Wagen unerwartet stehen und verharrte neben dem mannshohen Kaktus, an dem Bob vor wenigen Minuten den umgestülpten Eimer abgestellt hatte.

Justus runzelte irritiert die Stirn. »Was wird das denn jetzt? Was hat er vor?«

In diesem Moment begann der Fremde seelenruhig seine Hose zu öffnen und ein fröhliches Lied zu pfeifen.

»Das darf ja wohl nicht wahr sein!« Bob konnte kaum glauben, was er sah, und musste unwillkürlich grinsen.

Peter konnte daraufhin seine Neugier nicht zähmen und trat zu seinen Freunden ans Fenster. »Was macht er denn da?«

»Er pinkelt an den Kaktus, Kollegen«, antwortete Justus trocken. »Und wenn ich mich zurückentsinne, ist dies eine Premiere der besonderen Art. Oder könnt ihr euch an einen Fall erinnern, bei dem wir jemals eine Person observiert haben, die gerade ihre Notdurft verrichtet?!«

»Auf solch eine Premiere hätte ich auch liebend gern verzichten können«, feixte Bob, dem zugleich auch eine Zentnerlast von der Seele fiel. »Aber zum Glück ist es ja so dunkel, dass uns pikante Details erspart bleiben.«

Gerade als der Unbekannte seine Hose wieder zugeknöpft hatte und sich zum Gehen wandte, ertönte erneut ein Scheppern. Unachtsam war der Mann mit seinen Füßen in der Finsternis gegen den Eimer gestoßen und hatte ihn umgekippt. Er stieß einen kurzen Fluch aus und kehrte daraufhin zu seinem Jeep zurück, mit dem er dann die Fahrt auf der einsamen Landstraße fortsetzte.
Peter ließ sich auf den Stuhl sinken und fuhr sich erleichtert durch seine Haare. »Ihr glaubt gar nicht, wie glücklich ich über diesen Fehlalarm bin, Leute. Ich sah uns schon gevierteilt hier auf dem Boden liegen. Und dann hält der Typ nur an, um eine Pinkelpause einzulegen. Wer hätte darauf auch kommen können?«
»Wahrscheinlich hat er auch nur an der Tür gerüttelt, weil er diese Bruchbude für eine öffentliche Bedürfnisanstalt gehalten hat!«
»So was nennt man wohl Glück im Unglück, Bob«, fügte Peter hinzu. »Obwohl es mir gar nicht recht ist, dass er bei seinem Abgang den Eimer umgestoßen hat. Ihr wisst doch, was ich euch vorhin noch gesagt habe? Spinnen haben die unangenehme Eigenschaft, immer wieder in ihre alte Behausung zurückzukehren.«
»Was weiß Gott noch immer das geringere Übel wäre, Zweiter«, entgegnete Justus. »Denn wie man es dreht und wendet: Die größte Bestie auf Erden ist noch immer der Mensch.«
Bob gähnte und ließ sich nun ebenfalls auf einen der maroden Stühle sinken. »Schluss mit philosophischen Sprüchen, Erster. Zumindest für heute. Ich für meine Person will jetzt nur noch schlafen, und euch beiden empfehle ich das Glei-

che. Komm, Just, packen wir uns auf die fürstlichen Matratzen, und du, Peter, hast die Ehre, nebenan in dem königlichen Bett nächtigen zu dürfen.«
»Einverstanden. Doch vorher will ich mir endlich noch einen Schluck Wasser genehmigen. Denn dass ihr mich morgen früh vertrocknet wie eine Mumie auf dem alten Bettgestell vorfindet, will ich euch nun wirklich nicht zumuten.«

Eine halbe Stunde später lag Peter eingewickelt in eine Wolldecke auf dem knarrenden Metallbett und starrte mit offenen Augen in die Dunkelheit. Justus und Bob waren sofort eingeschlafen. Durch die geöffnete Tür war ihr lautes Schnarchen aus dem Nebenzimmer deutlich zu vernehmen. Obwohl sich der Zweite Detektiv fest vorgenommen hatte, die Nacht über aufzubleiben, um als Wachposten zu fungieren, spürte er nun, wie seine Augenlider doch von Minute zu Minute schwerer wurden. Vielleicht, dachte er, könnte er die Augen ja mal ganz kurz schließen, nur zur Entspannung …
Als er die Lider eine ganze Weile später wieder öffnete, war es noch immer stockdunkel. Irgendetwas hatte ihn geweckt … In der nächsten Sekunde erschrak er zu Tode. Unter seinem Bett vernahm er ein leises Rascheln … Es klang so, als riebe jemand an einem Synthetikstoff. Peter wagte nicht zu atmen und lauschte angespannt in die Finsternis, doch nun war nichts mehr zu hören. Hatte er sich das Geräusch nur eingebildet? Oder war das schreckliche Spinnenmonster etwa wirklich zurückgekommen? Ihm brach der Angstschweiß aus. Dann flüsterte unter dem Bett eine leise Kinderstimme: »Ich … ich habe Angst!«

Tote Augen

Peters Herzschlag raste los! Befand er sich vielleicht nur in einem Traum? Zur Kontrolle kniff er sich so heftig in den Arm, dass er vor Schmerz zusammenzuckte. Keine Frage, er war hellwach! Oder war er einer akustischen Halluzination erlegen? Nebenan schnarchten Justus und Bob noch immer. Sollte er sie wecken? Da! Wieder ertönte das Rascheln. Und gleich darauf meldete sich auch die leise Stimme erneut zu Wort: »Hat --- --- Geändert --- --- Schiefgelaufen!«
Nach dieser seltsamen Äußerung herrschte wieder Stille.
Jetzt hatte Peter Gewissheit. Er nahm all seinen Mut zusammen und richtete sich langsam von der Matratze auf. »Bist du es, Bianca?«, fragte er vorsichtig.
Doch die Stimme gab keine Antwort.
Dem Zweiten Detektiv gefror das Blut in den Adern. Er musste irgendetwas unternehmen, das war ihm klar. Aber er wagte nicht, sich unter das Bett zu beugen. In seiner Verzweiflung hechtete er mit einem weiten Sprung von der Matratze zur Tür, machte zwei große Ausfallschritte und kniete sich dann neben die Schlafstatt seiner Freunde. »Bob! Justus! Wacht auf! Schnell!«
Justus schreckte aus dem Schlaf hoch. »Was gibt es, Zweiter?«
Peter deutete schweißgebadet zu der Kammer hinüber. »Unter meinem Bett ist jemand … ein Kind!«
»Was?« Augenblicklich war auch Bob hellwach und sah Peter ungläubig an. »Das ist jetzt ein Witz, oder? Just, wo ist das Feuerzeug?«

»Hier, Bob. Leuchte mir mal.«
Justus gab Bob das Feuerzeug, schälte sich aus seiner Decke und ging mit langsamen Schritten auf die Kammer zu. Bob folgte ihm, während Peter wie versteinert auf dem Boden hocken blieb. Von hier aus beobachtete er, wie Justus vor dem Bett auf die Knie ging und seinen Kopf senkte. Dann griff er mit einem Arm unter das Gestell und zog langsam einen größeren Gegenstand darunter hervor.
Als er damit zurück ins Zimmer trat, wollte Peter seinen Augen nicht trauen. Überrascht blieb ihm der Mund offen stehen. »Was denn …? Eine Puppe?«
Bob wusste nicht, ob er über Peter lachen oder Mitleid mit ihm haben sollte. »Und wegen der veranstaltest du hier so einen Affenzirkus? Autsch!« Er ließ das heiße Feuerzeug fallen. »Mensch, Peter, zieh doch mal die Jalousie hoch! Wir brauchen hier Licht, und wenn es nur der Mondschein ist!«
Der Zweite Detektiv kam der Aufforderung nach, brachte aber kaum einen vernünftigen Satz zustande. »Aber die Puppe … sie hat doch … ich meine …«
»Nun mal ganz langsam«, versuchte Justus seinen Freund zu beruhigen. »Die Puppe hat *was*, Peter?«
»Eben zu mir gesprochen! Ich bin mir ganz sicher!«
»Ach ja?«, entgegnete Bob skeptisch. »Was hat sie denn zu dir gesagt?«
»Na ja … sie hat geflüstert, dass sie Angst hat. Und dann, dass etwas schiefgelaufen ist … und noch etwas, an das ich mich aber gerade nicht mehr erinnern kann.«
»Moment mal, Kollegen …« Der Erste Detektiv nahm die Puppe bei den Beinen, begann unter dem Kleid an ihrem

Rücken zu nesteln und ertastete mit seinen Fingern einen schmalen Schalter. Er schob ihn ein Stück nach links – nichts geschah. Dann schüttelte Justus die Puppe ein wenig, und plötzlich ertönte aus ihrem Inneren eine leise Mädchenstimme.

»Mir --- --- Motel --- --- Bianca!«

Bob erschauderte. »Dieses … dieses Ding spricht ja tatsächlich! Das heisere Flüstern klingt wirklich unheimlich, Peter, da muss ich dir ausnahmsweise recht geben. Und sie hat den Namen Bianca erwähnt! Was um alles in der Welt hat das zu bedeuten, Justus?«

Der Erste Detektiv drehte die Puppe in seinen Händen und warf dann einen prüfenden Blick auf ihre nackten Plastikbeine. »Technisch verhält es sich auf alle Fälle so, dass die Sprache dieser Puppe hier am rechten Bein durch einen kleinen Bewegungssensor ausgelöst wird.« Er bewegte seine Hand etwa zehn Zentimeter vor der Puppe hin und her. Augenblicklich ertönte die Stimme wieder.

»Ich … ich habe Angst!«

»Das hat sie eben unter dem Bett auch schon gesagt!«, rief Peter aufgeregt. Dann stutzte er. »Aber warum fing sie plötzlich von alleine zu sprechen an? Noch dazu, wo du den Knopf zum Anschalten doch eben erst betätigt hast?!«

Justus fuhr erneut über den Schalter. Dieses Mal jedoch fasste er dabei nicht *unter* das Kleid der Puppe, sondern fuhr mit seinen Fingern nur leicht *darüber.* »Kein Grund zur Aufregung, Peter. Der Schalter lässt sich so einfach hin und her schieben, dazu braucht man der Puppe noch nicht mal unter ihr Kleid zu fassen. Ich habe ihn wohl vorhin, als ich die

Puppe unter dem Bett hervorgezogen habe, unbemerkt ausgeschaltet.«
»Aha, verstehe! Darf ich mal, Justus?« Bob griff nach der Puppe, begutachtete sie ebenfalls von allen Seiten und aktivierte den Mechanismus wieder. Dann ließ auch er seine Hand vor der Puppe kreisen, und wieder ertönte die Stimme.
»Hat --- --- Geändert --- --- Schiefgelaufen!«
Justus runzelte die Stirn. »Eine seltsame Äußerung. Aber je öfter ich diese Stimme höre, desto sicherer bin ich mir, dass bei der Aufnahme auf dem Walkman und der Stimme dieser Puppe ein und dieselbe Person zu hören ist.«
»Du sprichst von Bianca«, vergewisserte sich der Zweite Detektiv.
»So ist es. Ihre Stimme ist so prägnant, ich glaube nicht, dass ich mich da täusche. Auch wenn es schwer zu beurteilen ist, weil die Stimme sehr leise ist. Ich frage mich, warum das so ist. Außerdem …« Er unterbrach seinen Satz und ließ seine Hand wieder über den Sensor gleiten, sodass die Puppe in Bobs Armen erneut zu flüstern anfing.
»Mir --- --- Motel --- --- Bianca!«
»… hört ihr es ja selbst: Sie erwähnt ihren eigenen Namen!«
»Aber warum?«, fragte Peter, der völlig im Dunkeln tappte. »Ich meine, diese komischen Sätze ergeben doch überhaupt keinen Sinn.«
Bob inspizierte die Puppe genauer. »Aus irgendeinem Grund wird Bianca dieses Spielzeug aber besprochen haben. Wie funktioniert das eigentlich?«
Justus nahm Bob die Puppe aus den Händen und befühlte den Körper von allen Seiten. Schließlich entdeckte er hinten

im Nacken einen weiteren Schalter sowie ein flaches, rundes Mikrofon, etwa in der Größe einer Ein-Cent-Münze. »Hier befindet sich das Geheimnis, Kollegen: Wenn man auf diesen Schalter drückt, lässt sich die Puppe besprechen. Was wir aber tunlichst vermeiden sollten, weil dadurch womöglich Biancas Nachrichten wieder gelöscht werden.«

»Dennoch wüsste *ich* gern, wie es möglich sein konnte, dass diese Puppe unter meinem Bett plötzlich zu sprechen anfing, Justus«, ließ Peter nicht locker und rieb sich die letzten Schweißtropfen von der Stirn. »Viel hätte nämlich nicht gefehlt, und ich wäre vor Schreck an einem Herzinfarkt krepiert.«

»Dein trainiertes Sportlerherz hat ja zum Glück überlebt«, beruhigte Bob den Zweiten Detektiv mit einem Schulterschlag. »Aber ich muss zugeben, dass es mir an deiner Stelle nicht anders ergangen wäre.«

»Was meine Frage nicht im Geringsten beantwortet.« Peter war die Puppe äußerst unheimlich. Insbesondere vermied er den Blickkontakt mit ihren toten, aber dennoch durchdringenden Augen, die ihn ständig zu beobachten schienen.

»Momentan kann ich dir darauf noch keine Antwort geben«, musste Justus eingestehen. »Aber der Morgen ist klüger als die Nacht. Daher schlage ich vor, dass wir uns dieses Problems bei Sonnenaufgang annehmen. Wir müssen ja sowieso in aller Herrgottsfrühe aufstehen, um deinen Wagen wieder fit zu kriegen.«

Bob rieb sich die müden Augen. »Ja, legen wir uns wieder hin, Freunde. Der morgige Tag wird bestimmt nicht weniger anstrengend als der heutige.«

»Einverstanden«, willigte Peter ein. »Aber vorher erledigen wir noch drei Dinge.«
»Und die wären?«
»Erstens, Justus, bitte ich dich, die Puppe wieder auszuschalten. Und sie zweitens über Nacht ins Kinderzimmer zu verbannen.«
Bob stutzte. »Wie jetzt? Du willst freiwillig mit diesem Ding –?«
»Drittens …«, Peter betrat die Kammer, hievte die Matratze aus dem Bettgestell und zog sie in das Zimmer seiner Freunde, »…werde ich mein Nachtlager hier bei euch aufschlagen. Da fühle ich mich nämlich erheblich sicherer!«

Als Peter am frühen Morgen erwachte und seine verklebten Augen öffnete, wähnte er sich in einem schlimmen Albtraum. Leicht verschwommen erkannte er im schwachen Licht der Morgendämmerung Justus und Bob. Die beiden saßen am Tisch und hantierten wieder mit der unheimlichen Puppe herum. Doch der Horror schien sich über Nacht verdreifacht zu haben. Zu der einen Puppe hatten sich noch zwei weitere hinzugesellt! Mit einem Satz sprang Peter von der Matratze.
»Wo habt ihr *die* denn plötzlich her?«
»Morgen, Peter«, entgegnete Justus beiläufig, aktivierte dabei den Schalter der zweiten Puppe und wedelte mit der Hand vor ihr herum, sodass sie sogleich kaum hörbar zu sprechen begann.
»Lage --- --- Plötzlich --- --- Ist!«
Dann bewegte Bob seine Hand vor dem Bein der Puppe, und schon folgte ein weiterer Satz.

»Folgt --- --- Monica --- --- Zehn!«
Und noch mal machte Bob einige Bewegungen.
»Du hast mich gar nicht mehr lieb!«
Der dritte Detektiv fuhr sich durch seine ungekämmten Haare. »Was um alles in der Welt will uns Bianca nur damit sagen? Und wer ist Monika?«
»Und wer will *mir* endlich sagen, wo diese zwei Puppen jetzt herkommen?«, verlangte Peter Auskunft.
Justus griff nach der dritten Puppe und aktivierte deren Sprachmechanismus.
»Nimm mich auf den Arm!«, gab die Puppe leise flehend von sich.
Peter warf ihr einen bösen Blick zu. »Darauf kannst du lange warten! Also, Leute, ich höre. Woher habt ihr diese hässlichen Horrorfratzen?«
»Auch aus dem sogenannten Kinderzimmer!« Bob wies zu der kleinen Kammer. »Aus dem alten Fahrradkorb – im Regal – am Fußende des Bettes.«
»Aha.« Peter sah Bob kritisch an. »Mit großer Sorge stelle ich fest, dass der merkwürdige Satzbau dieser Puppen bereits auf dich abgefärbt zu haben scheint und –« Peter hielt plötzlich inne, seine Augen weiteten sich und er deutete mit zitternden Fingern zum Kinderzimmer. »Da! Seht doch!«
Erst war es nur ein dunkler, vorbeihuschender Schatten, den Justus und Bob unter dem Bettgestell wahrnahmen. Doch dann verharrte das Wesen in seiner Bewegung, und sie erkannten, was Peter so aus der Fassung gebracht hatte: eine Ratte!
Bob saß der Kammer am nächsten und reagierte blitzschnell. Er versetzte der Tür einen heftigen Tritt, sodass sie krachend

ins Schloss fiel. Anschließend klatschte er triumphierend in die Hände. »Gefahr erkannt, Gefahr gebannt«, sagte er grinsend. »Kann der Rattenfänger von Rocky Beach sonst noch etwas für euch tun?«

»Vorerst besten Dank, Bob.« Peter ließ sich erleichtert auf den Stuhl sinken. »Du hast mir einen großen Dienst erwiesen. Normalerweise bin ich ja nicht so schreckhaft, aber dieses Vieh war nicht gerade klein.«

»Wir sollten dieser Ratte großen Respekt zollen, dass sie uns zumindest *eine* äußerst knifflige Frage in diesem Fall beantwortet hat, Kollegen!« Justus deutete auf die Puppen. »Denn nun ist zumindest geklärt, wer oder was vergangene Nacht den Bewegungsmelder der Puppe unter deinem Bett ausgelöst hat, Zweiter.«

»Du meinst, das Tier hat an dem Puppenkleid geknabbert und dabei den ...«

Justus machte ein wichtiges Gesicht. »So ist es. Aber kommen wir zu einem viel wichtigeren Punkt. Rekonstruieren wir doch noch einmal das Geschehen und verfolgen eine Theorie: Bianca wurde in Hollywood auf dem Parkplatz des Fitnessstudios in einen Lieferwagen gezerrt und von den Entführern über die mexikanische Grenze verschleppt. In der Calle Emiliano Zapata hält der Lieferwagen. Einer der Männer steigt mit Bianca aus. Der andere Mann fährt mit dem Lieferwagen davon. Dann steigen die beiden in ein Taxi und fahren etwa zwanzig Minuten bis zu diesem Unterschlupf, in dem wir uns gerade befinden.«

»Nett, dass du es noch mal erwähnst, Erster«, warf Peter kurz ein und rutschte unbehaglich auf seinem Stuhl herum.

Justus ignorierte diese Spitze und deutete auf die Kammer. »Da drin soll Bianca so lange gefangen gehalten werden, bis ihre Eltern das Lösegeld für sie bezahlt haben. Nun versetzen wir uns in Bianca hinein, Kollegen. Sie sitzt dort eingesperrt in der Kammer und findet diesen Fahrradkorb mit den drei Puppen. Sie entdeckt den Mechanismus und in diesem Moment kommt ihr eine Idee! Wenn sie es geschickt anstellt, kann sie auf den Sprachchips eine verschlüsselte Nachricht hinterlassen, die den Personen, die die Puppen vielleicht später finden, einen wichtigen Hinweis geben.«
»Dann sollten wir uns jetzt noch den Rest anhören, der sich auf der dritten Puppe befindet.« Bob trat an den Tisch heran und begann, seine Hand vor der Puppe hin und her zu bewegen.
»Die --- --- Sich --- --- Etwas!« Die Puppe verstummte.
Wieder begann Bob mit der Hand zu wedeln.
»Bitte --- --- Santa --- --- Zimmer!«
Bob fächerte erneut.
»Nimm mich auf den Arm!«
»Diesen Satz hatten wir schon«, stellte Peter fest. »Dann haben wir jetzt also alles gehört und können uns daranmachen, diese Botschaft zu entschlüsseln.«
Bob zog einen Stift und ein Notizbuch aus seiner Tasche. »Dann schreibe ich die Sätze mal auf, Freunde. Sie müssen ja nur in die richtige Reihenfolge gebracht werden.«
»Ich glaube, das wird nicht nötig sein«, gab Justus ungerührt von sich. »Bianca hat sich das nämlich vermutlich ganz anders gedacht!«

Aus drei mach eins

Peter und Bob sahen sich fragend an.
»Macht es euch nicht stutzig, dass Bianca zwischen ihren Worten immer wieder eine kleine Pause macht? Jetzt ist Teamwork gefragt, Kollegen! Wir müssen versuchen, alle Textnachrichten dieser drei Puppen synchron in der richtigen Reihenfolge ablaufen zu lassen, bis die Worte einen zusammenhängenden Sinn ergeben! Da bin ich mir ganz sicher! Wobei ich vorschlagen würde, dass wir die Sätze *Ich habe Angst, Nimm mich auf den Arm* und *Du hast mich gar nicht mehr lieb* nicht mit einbeziehen, da sie ohnehin schon einen Sinn ergeben und Bianca sie wohl nur als Alibi daraufgesprochen hat.«
»Aha, verstehe!«, rief Bob. »Falls der oder die Entführer auf die kluge Idee kommen sollten, sich vor ihrer Abreise noch einmal zu vergewissern …«
»… dass Bianca auch keine heimliche Nachricht in der Kammer hinterlassen hat«, führte Justus die These fort, »und sie dabei sogar so clever wären, auch die Sprachmodule der drei Puppen abzuspielen, dann sollten sie nur diese drei Belanglosigkeiten zu hören bekommen.«
»Und dabei aber nicht *so* clever wären, auch die nächsten Speicherplätze abzuhören«, gab Peter skeptisch zu bedenken.
»Richtig, Zweiter.« Beim Sprechen machte sich Justus daran, einer der Puppen das Kleid auszuziehen. »Aber da wir wohl davon ausgehen können, dass die Entführer den Puppen nicht die geringste Beachtung geschenkt haben, ging Biancas Rechnung auf. Und nun wird uns die Aufgabe zuteil, schnellstmög-

lich ihre Nachricht zu entschlüsseln, damit wir Inspektor Cotta diesen Hinweis umgehend zukommen lassen können! Wir sollten uns aber zuerst vergewissern, dass nicht irgendwo an den Puppen noch eine weitere Nachricht versteckt ist. Im Kinderzimmer ist nichts weiter verborgen, Bob und ich haben es heute früh inspiziert.«

Es dabei gründlich abtastend, hatte Justus das Kleid bald abgestreift und öffnete nun das Batteriefach der Puppe, das sich in der Mitte ihres Rückens befand. Er entnahm die zwei Monozellenbatterien, stellte fest, dass sich in dem Fach nichts mehr verbarg, was dort nicht hingehörte, und versetzte danach alles wieder in den Originalzustand zurück. Bob und Peter nahmen sich ebenfalls jeder eine Puppe und taten es dem Ersten Detektiv nach.

»Also dann, auf ans Werk, Kollegen«, gab dieser schließlich die Anweisung, nachdem auch die anderen Puppen untersucht waren. »Jeder von uns macht sich als Erstes damit vertraut, was auf welchem Speicherplatz seiner Puppe gesprochen wurde. Achtet also bei unseren Synchronversuchen darauf, dass ihr die jeweils kompletten Sätze *Ich habe Angst, Du hast mich gar nicht mehr lieb* und *Nimm mich auf den Arm* schon abgespielt habt, denn sonst erschweren wir uns die Arbeit nur.«

Bob und Peter nahmen jeweils eine Puppe zur Hand und aktivierten, ebenso wie Justus, die Bewegungsmelder. Sie übersprangen die seltsamen Wortfetzen, bis schließlich etwas erklang, das jedem eine Gänsehaut über den Rücken gejagt hätte. Die drei Puppen flüsterten unheimlich im Chor: »Ich habe Angst … lieb … Arm!«

»Okay, Freunde«, sagte Justus. »Jetzt wird es ernst – seid ihr bereit?«
Auf sein Kommando bewegten sie erneut ihre Hände vor den Puppen, um die Sensoren zu aktivieren.
»Hagie – Geänplödertich – Schiefgelistwas!«
Die drei Detektive sahen sich verstört an.
»Das war schon mal nichts«, merkte Bob an. »Also noch mal!«
Wieder ließen die Jungs die Sprachaufzeichnungen abspielen, doch wieder ergab sich nur unverständliches Gebrabbel.
»Milgte – Momonta – Bianzemer!«
«Moment mal.« Justus hob die Hand. »Lasst mich mal kurz nachdenken … Irgendwie müssen wir unsere Puppen so synchronisieren, dass die Worte nacheinander gesprochen werden und nicht gleichzeitig!«
Wieder hörte man das schaurige Geflüster, als die drei Detektive die Puppen aktivierten.
»Ich habe Angst … lieb … Arm!«
»So, und jetzt schaltest du zuerst ein, Bob, danach du, Peter, und ich als Letzter.«
»Lagedieatplötzlichändertistasgelaufen!«
Bob hob aufgeregt die Hand. »Moment mal, Freunde! Ich meine, in dem Kauderwelsch eben etwas verstanden zu haben! Nämlich *Lage plötzlich ändert*!«
»Ja«, stimmte Peter zu. »Das habe ich auch heraushören können!«
Der Erste Detektiv war nicht mehr zu bremsen. »Weiter, Kollegen!«, feuerte er seine Freunde an. »Wir haben es gleich!«
»FolgtbittmirmoniSantatelZehnzimmianca!«, ließen die Puppen im vierten gemeinsamen Durchlauf verlauten.

Justus' Augen begannen euphorisch zu leuchten. »*Folgt bitte mir!* Das war ganz deutlich! Wir müssen längere Abstände zwischen den Wörtern lassen. Los, noch mal!«
Sie übersprangen die kompletten Sätze. Dann aktivierte Bob noch einmal den Sprachmodus, mit Verzögerungen schalteten sich Peter und Justus hinzu. Doch dieser Versuch endete wieder in einem totalen Kauderwelsch, der nächste ebenso, und kein bisschen schlauer landeten sie erneut bei *Ich habe Angst … lieb … Arm.*
»Wir sollten uns die Worte besser *doch* aufschreiben und auf schriftlichem Weg weiterknobeln«, wetterte Bob schließlich genervt, weil ihn dieses unheimliche Flüstern nervös machte. »Dann erfassen wir den Sinn viel schneller. Einige Worte wie *Motel*, *Zimmer* und *Zehn* ergeben ja schon jetzt einen Sinn, und wenn wir –«
»Die – Hat Sich – Geändert Etwas – Schiefgelaufen!«
Bob zuckte zusammen. »*Die hat sich geändert etwas schiefgelaufen.* – Ich hab meine Puppe gerade nicht mit eingeschaltet und jetzt scheinen eure beiden plötzlich zusammenzupassen! – Die *Lage* hat sich *plötzlich* geändert. So heißt es! Denn die Wörter *Lage* und *plötzlich* erwähnt Bianca auf meiner Puppe!«
»Los, Kollegen!«, rief Justus. »Noch ein Versuch. Spult alle wieder auf Anfang. Dann du zuerst, Peter, Bob als Zweiter und ich zum Schluss!«
Wieder ließen die drei Detektive die Puppen flüstern. Und nun hatten sie den Dreh herausgefunden.
»Die – Lage – Hat – Sich – Plötzlich – Geändert – Etwas – Ist – Schiefgelaufen!«

»Weiter! Der letzte Teil der Botschaft«, drängte Justus zur Eile. Fast schon routiniert betätigten die Jungs die Puppen, die sogleich flüsternd ihre letzte Nachricht kundtaten.

»Bitte – Folgt – Mir – Santa – Monica – Motel – Zimmer – Zehn – Bianca!«

Peter runzelte die Stirn. »Man hat sie ins Santa Monica Motel gebracht? Wieso dann der Weg über Mexiko?«

Justus schaltete seine Puppe aus und erhob sich vom Stuhl. »Wir haben hier nichts mehr verloren, Kollegen! Als Erstes müssen wir deinen Wagen wieder fit bekommen, Zweiter, und dann werden wir Inspektor Cotta auf den Plan rufen!«

Peter war sofort mit den Decken auf dem Weg zur Tür.

»Nehmen wir die Puppen mit?«, wollte Bob wissen.

Justus hatte seine bereits unter den Arm geklemmt. »Selbstverständlich. Schon allein um sie als Beweismittel sicherzustellen.«

»Dann auf, Freunde!« Bob stand neben Peter in der Tür. »Denn bevor wir für Bianca auch nur das Geringste tun können, sind jetzt erst mal unsere Automechanikerkenntnisse gefragt!«

Als die drei Detektive kurze Zeit später vor Peters MG standen, setzten sie zunächst die drei Puppen auf die Rückbank. Dann öffnete Bob die Motorhaube und forderte den Zweiten Detektiv auf, sich hinter das Lenkrad zu setzen und den Zündschlüssel zu betätigen. Vielleicht ließ sich so erkennen, wo das Problem lag.

Justus trat an die Beifahrertür und sah Peter durchs Fenster dabei zu, wie er den Zündschlüssel ins Schloss steckte und umdrehte. Augenblicklich begann der Motor aufzuheulen.

»Wow, Bob!«, rief Peter begeistert aus. »Wie hast du das denn gemacht?«
Bob schloss die Motorhaube. »Ich habe nicht den kleinsten Finger gerührt, Zweiter! Weiß der Geier, wieso die Kiste plötzlich wieder läuft!? Das Glück ist halt mit den Doofen, Freunde!«
Justus grinste. »Wunder gibt es immer wieder. Aber jetzt lasst uns diesen Ort so schnell wie möglich verlassen!«
»Das Wunder schmeckt mir«, gab Peter beruhigt von sich. »Es hätte mir allerdings noch besser gefallen, wenn es uns schon gestern Nacht widerfahren wäre. Und es ist schon recht eigenartig, dass sich mein MG über Nacht quasi von selbst repariert hat ...«
Dreißig Sekunden später befanden sich die drei Detektive auf dem Rückweg zur mexikanischen Grenze. Peter warf einen skeptischen Blick in den Rückspiegel, aus dem ihn die drei Puppen von der Rückbank mit ihren toten Augen heimtückisch zu beobachten schienen. »Hast du schon Netz, Erster?«, fragte er deshalb schnell, um sich abzulenken.
Justus zog sein Handy hervor. »Fehlanzeige. Aber es kann sich nur noch um Minuten handeln.«
Doch die Minuten zogen sich dahin, bis schließlich schon die Grenzschilder auftauchten, die den Autofahrern zeigten, in welche Fahrspur sie sich einzuordnen hatten.
Peter verringerte sein Tempo und deutete durch die Windschutzscheibe.
»Da tauchen schon wieder die ersten Händler auf, die ihren Ramsch an die Touristen verhökern wollen!« Er schaltete in den zweiten Gang und reihte sich im Schritttempo in die

vorgeschriebene Autoschlange ein, während Justus durch das Seitenfenster die fliegenden Händler ins Visier nahm.
»Seht euch das an, Kollegen«, bemerkte er und zeigte auf eine schwarzhaarige ältere Frau. »Die sprechenden Puppen scheinen hier der aktuelle Verkaufsschlager zu sein. Sie trägt einen ganzen Bauchladen von diesen Dingern mit sich herum.«
»Und der Typ dort drüben auch!« Bob hatte einen jüngeren Mann mit einem Schubkarren voller Puppen entdeckt. »Das kann man ja fast schon als inflationär bezeichnen!«
Justus wandte sich um und warf einen kurzen Blick durch das Rückfenster. Plötzlich stutzte er und im selben Moment begann sein Herz aufgeregt zu schlagen.
»Was gibt's denn dahinten so Interessantes zu sehen, Erster?«, erkundigte sich Bob, der sofort bemerkt hatte, dass Justus unruhig geworden war. Er drehte sich ebenfalls um und schaute durch das Rückfenster. Doch außer der langen Autoschlange, die sich hinter ihnen bereits gebildet hatte, konnte er nichts Auffälliges entdecken.
Justus sagte nichts und begann stattdessen nachdenklich an seiner Unterlippe zu zupfen.
»Machst du jetzt wieder einen auf Solo-Fragezeichen und behältst deine neuesten Erkenntnisse für dich?«, stichelte Peter und wandte sich nun ebenfalls um.
»Vier Wagen hinter uns hat sich ein dunkelblauer Van eingereiht, Kollegen«, brach Justus sein Schweigen. »Der Beifahrer verbirgt gerade sein Gesicht hinter einer aufgeschlagenen Tageszeitung. Doch eben, beim Umblättern, habe ich die Person ganz deutlich erkennen können. Und das wirft auf unseren Fall ein vollkommen anderes Licht!«

Neue Erkenntnisse

»Ein vollkommen anderes Licht?«

Peter verrenkte sich den Hals, um zumindest einen kurzen Blick auf den Beifahrer in dem dunkelblauen Van zu erhaschen, jedoch ohne Erfolg.

»Nun sag schon, wer es ist!«, forderte Bob Justus auf, um sich ähnliche Verrenkungen zu ersparen.

Doch der Erste Detektiv war schon wieder einen Gedanken weiter. Aufgeregt deutete er zu einer Tankstelle auf der linken Straßenseite.

»Bevor wir die Grenze passieren, benötigen wir dringend drei neue Sätze Batterien, Kollegen! Deshalb musst du aus der Fahrspur ausscheren, Zweiter, und irgendeine Parkmöglichkeit finden!«

Dann wandte sich Justus an Bob. »Los, entnimm den Puppen unauffällig die Batterien und gib sie mir. Und sobald ich ausgestiegen bin, behaltet ihr die beiden Insassen des Vans im Auge. Aber auch das möglichst unauffällig. Am besten nur durch den Rückspiegel. Achtet auf jede Kleinigkeit!«

Peter betätigte den Blinker, scherte im Schritttempo aus der Autoschlange aus und hielt an.

Mit flinken Fingern hatte Bob Justus' Auftrag ausgeführt und reichte ihm die sechs Batterien. »Willst du uns nicht in deine kriminalistischen Denkstrategien einweihen, Erster?«

Doch wie nicht anders zu erwarten, ließ Justus die Batterien kommentarlos in seiner Jackentasche verschwinden und stieg aus dem Wagen. Peter und Bob sahen dem Ersten Detektiv

fragend nach und beobachteten, wie er gemächlich die Straßenseite wechselte und auf die Tankstelle zu schlenderte.
Peter lenkte den MG in eine kleine Parkbucht und stellte den Motor ab.
»Bring den Rückspiegel so in Position, Zweiter, dass wir den Van darin beide ins Visier nehmen können.«
»Bin ja schon dabei.«
Unauffällig justierte Peter nach Bobs Anweisung den Spiegel, bis das Objekt der Beschattung in vollem Umfang darin zu sehen war. Während das Gesicht des Beifahrers noch immer hinter der aufgeschlagenen Zeitung verborgen blieb, fixierten die beiden Jungs die Person hinter dem Lenkrad. Der Mann trug eine voluminöse Sonnenbrille, deren Gläser vollkommen verspiegelt waren. Sein Gesicht war zur Hälfte von einem dichten Sechstagebart verdeckt, und auf dem Kopf trug er eine schwarze Baseballkappe, deren Schirm tief in die Stirn gezogen war.
»Fällt dir irgendetwas Sonderbares auf?«, wollte Bob von Peter wissen, nachdem er seinen Blick kurz abgewandt und zur Grenzabfertigung hinübergesehen hatte. Er zählte neunzehn Wagen, die sich in der Schlange noch vor dem blauen Van befanden. Gerade wurde ein weiterer Wagen von den Grenzbeamten, die jeweils einen Spürhund an der Leine mit sich führten, zur Ausreise durchgewunken.
»Und ob«, bemerkte Peter mit einem unbehaglichen Gefühl in seiner Magengegend. »Der Fahrer des Vans hat schon mehrmals auffällig unauffällig zur Tankstelle hinübergeblickt. Und zwischendurch auch kurz zu uns herüber. Der hat uns ganz genau auf der Pfanne!«

Bob registrierte, wie ein weiteres Fahrzeug die Grenze passieren durfte. Doch beim nächsten Wagen, einem ziemlich heruntergekommen aussehenden Mercedes, der etliche Lackschäden aufwies, lief es nicht so glimpflich ab: Plötzlich begannen die Spürhunde der Zöllner kläffend anzuschlagen und die Beamten zur Rückseite des Wagens zu ziehen. Die Männer riefen über Funk Verstärkung herbei, die innerhalb weniger Sekunden, bewaffnet mit Maschinenpistolen, aus einem kleinen Nebengebäude herangestürmt kam. Der Fahrer musste aussteigen und auf Anweisung der Männer seinen Kofferraum öffnen.

»Was mag der da drin haben?«, fragte Peter aufgeregt und konnte seinen Blick nicht vom Geschehen lösen.

In diesem Moment hob sich der Kofferraumdeckel, und die Grenzschutzbeamten richteten ihre entsicherten Waffen auf eine Gestalt, die langsam und mit erhobenen Händen aus dem Kofferraum stieg.

Bob wollte seinen Augen nicht trauen. »Aber … aber das ist doch … dieser komische Typ …«

»… der uns gestern zu dem Unterschlupf der Entführer begleiten wollte!«, fügte Peter hinzu. »Aber was hat der denn in dem Mercedes verloren? Noch dazu im Kofferraum?«

»Zufälle gibt's, die gibt's gar nicht!«

Erstaunt sahen Bob und Peter mit an, wie dem Mann in dem fleckigen Mantel die Handschellen angelegt wurden, während der Mercedesfahrer wild gestikulierend auf die Beamten einredete.

»Ob der Fahrer von seinem blinden Passagier wusste, lässt sich nur vermuten«, bemerkte Bob, nachdem beide Männer in das kleine Nebengebäude abgeführt worden waren. »Auf alle Fälle aber ist klar, dass der merkwürdige Kauz aus dem Kofferraum Mexiko auf illegalem Wege verlassen wollte. Und aller Wahrscheinlichkeit nach war das auch der Grund, weshalb er gestern auf der Calle Emiliano Zapata angeboten hat, uns zu begleiten.«

»Wie jetzt?«, entgegnete Peter verwundert. »Meinst du etwa, dass er es darauf angelegt hatte, dass *wir* ihn über die Grenze schmuggeln?«

Bob nickte zustimmend. »So sieht es aus, Zweiter. Hier in Mexiko lebt ein hoher Anteil an Menschen weit unter der Armutsgrenze. Viele hoffen darauf, dass sich für sie in den Vereinigten Staaten neue Perspektiven ergeben, die sie hier in Mexiko niemals verwirklichen könnten. Aber weil es so viele Menschen sind, ist vor allem der amerikanische Grenzschutz arg darauf bedacht, diesen Plänen einen Riegel vorzuschieben. Und deshalb liegen die Beamten hier auf der Lauer und –«

»Auf der Lauer liegen!« Peters Herzschlag beschleunigte sich. »Mensch, Bob! Wir haben gar nicht mehr auf die Männer im Van geachtet!«

»Verflixt!« Bob warf einen prüfenden Blick in den Rückspiegel. »Puh … ich kann Entwarnung geben.« Er atmete erleichtert auf. »Beide Typen sitzen noch drin. Und das Gesicht des Beifahrers ist nach wie vor hinter der Zeitung verborgen. Allerdings darf uns so ein Fauxpas während einer Beschattung nicht noch einmal unterlaufen, Zweiter. Ganz gleich, was sich im Umfeld ereignet.«

Peter zeigte mit dem Finger auf die Uhr am Armaturenbrett.

»Wo Justus nur so lange bleibt? Er treibt sich schon über fünf Minuten in der Tankstelle herum. Langsam müsste er da doch mal wieder rauskommen!«

Wie auf Bestellung öffnete sich in diesem Moment die Tür des Tankstellenshops, und Peter und Bob beobachteten überrascht, wie der Erste Detektiv, mit Chipstüten und Getränkedosen beladen, daraus hervortrat und auf den MG zueilte. Peter beugte sich zur Beifahrerseite und öffnete ihm die Tür. Schnell stieg der Erste Detektiv ein und ließ sich in den Sitz zurückfallen.

»Das hat ja eine Ewigkeit gedauert, Erster!«, empfing ihn Bob und nahm dankbar die Dose Limonade entgegen, die ihm gereicht wurde. »Oh Mann, bei all der Aufregung habe ich völlig vergessen, dass wir seit gestern Nachmittag weder etwas Anständiges gegessen noch etwas Genießbares getrunken haben. Dafür erst mal tausend Dank!«

Peter begutachtete die Lebensmittelrationen auf Justus' Schoß. »Chips und Limonade! Das nenne ich wirklich eine ausgewogene Mahlzeit! Aber was soll's? In der Not frisst der Teufel eben Fliegen.« Er öffnete auch eine Dose und setzte sie durstig an seine Lippen.

»Und hat sich hier draußen bezüglich der beiden Männer in dem Van etwas getan, Kollegen?«

Peter hatte die Limo in wenigen Zügen ausgetrunken und zerquetschte die Dose mit seiner Hand. »Was die Typen betrifft, nicht viel, Erster. Außer dass die Blicke des Van-Fahrers ständig zwischen dem Tankstellenshop und meinem MG hin- und hergewandert sind.«

»Das wundert mich nicht im Geringsten.« Justus zog aus

seiner Jackentasche drei Zweierpacks Batterien hervor und drückte sie Bob in die Hand. »Sobald du ausgetrunken hast, kannst du auch die Puppenleiber mit neuer Energie füllen. Zweiter, du setzt dein charmantestes Lächeln ein, damit dich jemand vor dem Van in die Autoschlange lässt. Denn je früher wir dieses Land verlassen, desto besser!«

»Mein charmantestes Lächeln? Das ist ja wohl eher Bobs Part!«

Bob grinste. »Schon geschehen, Peter! Die aparte Chinesin in dem Chrysler kann mir nicht widerstehen. Sieh doch, sie winkt uns rein!«

Während der Zweite Detektiv sich kurz darauf vor der freundlichen Dame wieder in die Fahrspur vor dem Van einreihte, unterrichtete Bob den Ersten Detektiv über die Verhaftung des ihnen bekannten Mannes aus dem Kofferraum des Mercedes.

Doch Justus schien sich dafür nur beiläufig zu interessieren. »Wenn es irgendwie möglich ist, zerreiße die Batterieverpackungen so klein, dass du sie durch die Öffnung deiner Getränkedose schieben kannst, Bob. Und dann deponiere die irgendwo da unten auf dem Boden.«

Peter verzog das Gesicht zu einer Grimasse. »Die rollende Mülldeponie, Justus, große Klasse! Ist ja auch nicht *dein* Wagen! Und außerdem plädiere ich dafür, jetzt endlich mal Inspektor Cotta anzurufen! Denn hier an der Grenze werden wir ja wohl sicher wieder ein Netz haben!«

»Als Erstes würde *ich* dafür plädieren, dass ihr eure Pässe bereithaltet, Kollegen, denn vor uns befinden sich nur noch drei Fahrzeuge. Wir sind also gleich dran«, redete Justus um

den heißen Brei herum. »Und dann lasst euch sagen, dass ich in der Sache, die unsere Ermittlungen betreffen, leider etwas umdisponieren musste.«
»Wahrscheinlich sollen wir jetzt einen Kniefall vor dir machen, um mehr Infos aus dir herauszulocken.« Peter war voller Ungeduld. »Aber falls es dir noch nicht aufgefallen sein sollte, Chef: Ich steuere mit meinem Wagen geradewegs auf den Grenzübergang zu und Bob ist noch immer damit beschäftigt, die Batterieverpackungen in die Getränkedose zu zwängen. Demnach ist keiner von uns beiden momentan dazu in der Lage, dir diesen majestätischen Dienst zu erweisen!«
Justus drehte sich zu Bob um und warf dabei einen kurzen Kontrollblick durch das Rückfenster auf den blauen Van, der sich nach wie vor einige Autos hinter ihnen befand. »Also schön, du Quälgeist. Ihr sollt ja alles erfahren. Aber dennoch hat der Anruf bei Inspektor Cotta Vorrang!« Er zog sein Handy aus der Tasche und warf einen besorgten Blick auf das Display. »Der Netzempfang ist wiederhergestellt. Aber der Akku zeigt unverändert nur noch einen Strich an. Da heißt es Daumen drücken!«
Genau in diesem Moment wurde Peters MG von den Grenzschutzbeamten herangewunken.
Der Zweite Detektiv nahm die Pässe seiner Freunde an sich, näherte sich im Schritttempo dem Kontrollhäuschen und kurbelte das Fenster herunter. Wortlos und mit einem stechenden Blick nahm der Mann die Ausweise entgegen und musterte die Papiere mit Argusaugen. Doch schließlich reichte er sie Peter zurück und wünschte den drei Jungen, ohne weitere Fragen zu stellen, eine angenehme Heimreise.

Erleichtert trat der Zweite Detektiv aufs Gaspedal. »Und nun walte deines Amtes, Erster, und ruf endlich Cotta an!«
Justus erwiderte nichts und tippte auf die Wiederwahltaste, sodass die Nummer des Inspektors gewählt wurde. Dann legte er das Handy ans Ohr und warf dabei einen erneuten Blick durch das Rückfenster. Bisher folgte dem MG nur die Dame in dem roten Chrysler.
Nach wenigen Sekunden ertönte das Rufzeichen. Dann ein zweites, drittes und viertes Mal. »Komm schon, komm schon, komm schon!«, drängte Justus zur Eile. »Nun geh schon ran!«
Es tutete zum fünften Mal. Doch schließlich drang das erhoffte Knacken aus dem Lautsprecher.
»Police Department Rocky Beach, Inspektor Cotta.«
»Inspektor!« Der Erste Detektiv atmete erleichtert auf. »Gut, dass ich Sie erreiche! Wir stecken –«
»Justus, nein und nochmals nein!«, raunzte es ihm aus dem Handy schroff entgegen. »Ich habe erst vor zwei Minuten meinen Frühdienst angetreten, und offen gestanden habe ich keine große Lust dazu, mich gleich an diesem Morgen von dir und deinen beiden Detektiv-Kollegen –«
»Hören Sie, Sir, es ist von großer Wichtigkeit, dass Sie mir jetzt kurz zuhören«, fiel Justus dem Inspektor aufgeregt ins Wort. »Ich glaube, ich habe vorhin eine ziemlich große Dummheit begangen! Und wenn es auf das hinausläuft, was ich befürchte, stehen dabei eventuell mehrere Menschenleben auf dem Spiel!«
Der Inspektor verschluckte sich beinahe an seinem Morgenkaffee. »Wie darf ich das verstehen?«, fragte er knapp.
»Wir kehren gerade aus Mexiko zurück, weil wir dort –«

Plötzlich knackte es und aus dem Handylautsprecher war kein einziges Geräusch mehr zu hören.
Der Erste Detektiv blickte fassungslos auf das Display. Es war komplett dunkel!
Peter drehte sich zur Seite und konnte Justus' Gesichtsausdruck sofort entnehmen, was geschehen war.
»Ausgelutscht. Ende. Zero. Richtig?«
»Es tut mir leid«, stammelte Justus kleinlaut. »Der Akku war wohl *noch* leerer, als ich ohnehin schon befürchtet hatte.«
Bob beugte sich zu seinen Freunden vor. »Na, so dramatisch wird es schon nicht werden, Freunde«, blieb er optimistisch. »Wir werden ja wohl auf dem nächsten Parkplatz einen öffentlichen Fernsprecher ausfindig machen können. Aber meinst du nicht, dass es nun mal endlich an der Zeit ist, die Karten offen auf den Tisch zu legen, Just?«
»Ganz meine Meinung«, fügte Peter hinzu. »Wobei mich am meisten interessieren würde, wen du als Beifahrer des Vans zu erkennen geglaubt hast!?«
»Nicht zu erkennen *geglaubt*, Zweiter«, berichtigte Justus vehement. »Ich bin mir dabei ganz sicher!«
»Und wer war es nun?«, fragte Bob geradeheraus.
»Michael Rompa.«
Peter glaubte, sich verhört zu haben. »Bitte?! Der Typ aus dem Fitnesscenter?«
»So ist es. Und seitdem ich diesen Typen vor dem Grenzübergang in dem blauen Van erkannt habe, ist mir noch eine Ungereimtheit aufgefallen, die mir jetzt weitere Klarheit verschafft, Kollegen.«
»Und die wäre?«

»Peter, würdest du zuerst bitte die Freundlichkeit haben, noch fester aufs Gaspedal zu treten?«, forderte Justus seinen Freund mit Nachdruck auf. »Denn wenn ich mit meinem Verdacht richtigliege, zählt jede Meile, die wir an Vorsprung gewinnen!«
Der Zweite Detektiv legte, ohne nachzufragen, noch einen Zahn zu, obwohl er die zugelassene Höchstgeschwindigkeit bereits erreicht hatte.
»Weiter im Text«, rief Bob ungeduldig. »Was für eine Ungereimtheit ist dir noch aufgefallen, Erster?«
Justus konnte seinen Blick nun nicht mehr vom Rückspiegel lösen. »Dieser Juan Conzales, der angeblich Biancas Handy in der Calle Emiliano Zapata gefunden haben will, wusste bereits im Vorfeld, dass ich mich nicht alleine an Biancas Fersen geheftet habe.«
»Woher willst du das denn plötzlich wissen?«, fragte Peter verwundert.
»Weil ich die Telefonate mit ihm noch einmal in meinem Kopf Revue passieren ließ. Anfangs sprach ich nur davon, dass *ich* das Handy meiner Freundin Bianca wiederhaben wollte. Doch dann faselte dieser Typ immer etwas von *ihr*, nicht von *du*. Versteht ihr, was ich meine, Kollegen?« Justus ließ sein nutzlos gewordenes Handy nervös von einer Hand in die andere fallen. »Er war ganz genau darüber im Bilde, dass ich nicht alleine bin und mehrere Personen an der Suche beteiligt sind.«
Bob wollte sich der Sinn von Justus' Äußerung nicht klar erschließen. »Und was bedeutet das im Klartext, Erster?«
»Liegt das nicht auf der Hand? Daraus geht eindeutig her-

vor, dass Michael Rompa diesen Juan Conzales gleich über uns in Kenntnis gesetzt haben muss, nachdem wir das Fitnesscenter verlassen hatten.«

Bob blieb vor Erstaunen der Mund offen stehen. »Dann stecken also die beiden hinter der Entführung! Das wolltest du dem Inspektor also vorhin am Handy sagen!«

Justus gab keine Antwort und begann nachdenklich an seiner Unterlippe zu zupfen.

»Und wie hast du das, bitte schön, eben gemeint, Erster, dass eventuell mehrere Menschenleben in Gefahr sind?«, wollte Peter wissen. »Gehst du etwa davon aus, dass, wenn sich Biancas Eltern weigern sollten, die Lösegeldsumme für ihre Tochter zu bezahlen, nicht nur Bianca, sondern auch die beiden von den Entführern ... umgebracht werden könnten?«

Der Erste Detektiv warf wieder einen besorgten Blick durch das Rückfenster. Die Fahrerin im roten Chrysler war bereits an der letzten Ausfahrt abgebogen und nicht mehr zu sehen; die Fahrbahn hinter ihnen war leer.

»Mitnichten, Kollegen!« Justus rückte nur ungern mit der Sprache heraus. »Denn wie ich es bereits Inspektor Cotta vorhin am Handy mitgeteilt habe, muss ich gestehen, dass ich vorhin wohl eine große Dummheit begangen habe. Und die Menschenleben, die nun eventuell in Gefahr sind, betreffen uns drei!«

Sicheres Todesurteil

Peter hatte Mühe, das Lenkrad weiterhin ruhig in seinen Händen zu halten. »Wie lange haben wir denn circa noch zu leben, Justus? Kannst du uns bitte noch diese eine Frage beantworten? Und, ach nein – auch diese noch: Warum um alles in der Welt hat man es denn plötzlich auf uns abgesehen?«

Der Erste Detektiv versuchte, seine Gedanken zu ordnen und einen klaren Kopf zu bewahren. »So wie es aussieht«, setzte er zur Erklärung an, »hat es jemand von Anfang an darauf angelegt, unsere Bereitschaft für knifflige Fälle für sein eigenes kriminelles Interesse auszunutzen!«

»Soll im Telegrammstil bedeuten ...?«, versuchte Bob, seinen Freund zur schnelleren Berichterstattung anzutreiben.

»Dort ist ein Hinweisschild!«, rief Peter erleichtert aus. »In einer Meile kommt ein Parkplatz. Da fahre ich drauf. Und dann steh der Himmel uns bei, dass wir dort einen Fernsprecher finden!« Er trat das Gaspedal voll durch.

»Also, Just, wir hören!«, drängte Bob. »Nun rück endlich mit den Infos raus!«

»Wie gesagt, jemand hat uns eine raffiniert eingefädelte Falle gestellt, und wir sind geradewegs hineingetappt!« Der Erste Detektiv behielt das Rückfenster kontinuierlich im Visier. Von hinten näherte sich ein Wagen. Erst war er nur als ein schwacher Punkt zu erkennen, doch als er näher kam, stellte Justus erleichtert fest, dass das Fahrzeug eine grüne Farbe hatte.

Dann tauchte das Einfahrtsschild zum Parkplatz auf. Peter betätigte den Blinker und zog das Lenkrad so heftig zur Seite, dass die drei Puppen neben Bob auf der Rückbank zur Seite kippten. Er verringerte das Tempo erst, als er sich auf dem menschenleeren Parkplatz befand und in der Ferne neben einer Picknickstelle einen öffentlichen Fernsprecher entdeckte. Er fuhr bis auf wenige Meter an diesen heran und trat dann energisch auf die Bremse.

»Hast du das passende Kleingeld dabei?«, fragte Bob und zog vorsichtshalber schon mal seine eigene Geldbörse aus der Hosentasche hervor.

»Schon parat!«, signalisierte Justus und ließ die Münzen in seiner hohlen Hand klimpern. Dann sprang er aus dem Wagen und eilte auf den Fernsprecher zu. Rasch hob er den Hörer, hielt dann aber plötzlich in seiner Bewegung inne, als er perplex das Schild entdeckte, das mit Klebestreifen über der Tastatur befestigt war: *Außer Betrieb!* Aufgebracht hängte er den Hörer wieder in die Gabel und sah zu Bob und Peter hinüber, die gerade aus dem MG gestiegen waren.

»Die Glücksgöttin scheint es gerade nicht besonders gut mit uns zu meinen, Kollegen. Dieser Apparat hat ebenfalls seinen Geist aufgegeben!« Missmutig ging er zum Wagen zurück.

»Also auf zum nächsten Parkplatz!«, spornte Bob die beiden an. »Denn jetzt reicht's ja langsam mit dem Pech!«

»Oder auch nicht …« Der Erste Detektiv hatte den nahenden Wagen bereits gehört, bevor er hinter ihnen auf den Parkplatz preschte und direkt neben Peters MG zum Stehen kam. Es war der blaue Van!

Dann ging alles blitzschnell: Die zwei Gestalten, die aus dem

Wagen sprangen, hatten sich mit schwarzen Sturmhauben maskiert. Der Beifahrer war mit einer Pistole bewaffnet, auf deren Lauf ein Schalldämpfer aufgeschraubt war. Drohend trat er damit auf die drei Detektive zu.
»Wo habt ihr Puppen?«, zischte er mit spanischem Akzent durch den schmalen Mundschlitz.
Peter deutete mit zitternden Fingern zu der Rückbank seines MGs. »Da … dahinten …«, war das Einzige, was er stammelnd hervorbrachte.
Während der Beifahrer die Jungen mit seiner Waffe weiterhin in Schach hielt, ging der Fahrer des Vans auf Peters Wagen zu und öffnete die Hintertür. Mit gierigen Griffen schnappte er sich die drei Puppen und beförderte sie mit gekonntem Wurf durch das geöffnete Rückfenster des Vans.
Dann trat der Maskierte mit der Waffe an Justus heran und hielt ihm den Lauf des Schalldämpfers direkt an die Schläfe.
»Caramba, hört gut zu!«, zischte es leise unter der Sturmhaube hervor. »Wenn euch Leben lieb ist, dann ihr schweigen! Nix Wort an Polizei, verstanden? Wir schließlich alles über euch wissen, klar? Und wenn ihr Gringos meint, austricksen ihr uns können, ihr sein tot. Peng, ihr verstanden?« Zur makabren Demonstration entsicherte er die Waffe und stieß ein kaltes Lachen aus. »Keine Angst, Fettsack! Nix euch geschehen wird, wenn arbeiten mit uns. Aber wenn Polizei rufen, ihr sterben in eure eigene Blut. – Also?«
»Also was?«, brachte Bob mutig hervor.
Noch immer presste der Mann die Pistole an Justus' Schläfe.
»Ihr tun, was ich sagen?«
»Na klar, wir sind doch nicht lebensmüde.« Bob gab sich wei-

terhin betont cool, obwohl er innerlich gerade tausend Tode starb.
Jetzt trat der Beifahrer einen Schritt zurück und dirigierte mit seiner Waffe die drei Detektive zu Peters MG. »Los, Gringos! Stellt euch vor Seite des Autos und Hände auf Dach!«
Justus, Peter und Bob leisteten keinen Widerstand und folgten der Aufforderung. Dann gab der Bewaffnete seinem Komplizen ein kurzes Handzeichen. »Los, Pancho! Durchsuchen und nimm die Handys. Denn Vorsicht ist schließlich Mutter von mexikanischer Porzellankiste!«
Innerhalb weniger Sekunden hatte ›Pancho‹ das Handy in Justus' Jackentasche aufgespürt und an sich genommen. Dann wurden auch Peter und Bob einer gründlichen Leibesvisitation unterzogen. Jedoch ohne Erfolg.
»Wie? Nix Handy?« Noch immer hielt der Bewaffnete die Pistole im Anschlag. »Los, Pancho, du im Wagen nachsehen. Alle Gringos haben Handys schließlich. Wir wollen nix Risiko!«
Der Fahrer tat wie ihm befohlen und machte sich daran, den MG gründlich zu durchsuchen. Doch auch dort wurde er nicht fündig.
»Schön also.« Endlich ließ der Bewaffnete die Pistole sinken und wies seinen Komplizen an, sich wieder hinter das Steuer des Vans zu setzen. »Und ihr Gringos jetzt gut zuhören: Zurück in eures Auto setzen und halbe Stunde hier auf Parkplatz warten. Nix Polizei verständigen und ganze Sache mit Puppen vergessen, cachái? Dann ihr am Leben bleiben.«
»Cachái, el amo«, erwiderte Justus kleinlaut.
Dann wandte sich der Verbrecher um und stieg zu seinem Komplizen in den Van, der sogleich den Motor startete.

Da trat Justus an den blauen Wagen heran und setzte eine Unschuldsmiene auf. »Wäre es sehr vermessen, wenn ich Sie darum bitten würde, mir mein Handy wieder zurückzugeben?« Mit untertänigsten Engelszungen sprach er den Fahrer durch das geöffnete Fenster an. »Es hat sowieso keinen Strom mehr und stellt somit doch gar keine Gefahr für Sie dar. Aber in dem Handyspeicher befindet sich mein halbes Leben, und wenn ich …«

Weiter kam der Erste Detektiv mit seinen Ausführungen nicht. Mitten in seinen Erläuterungen gab der Maskierte Gas und brauste mit aufheulendem Motor vom Parkplatz.

Justus sah dem Wagen nach, bis dieser hinter einer Kurve auf dem Highway verschwunden war, dann ging er zu seinen Freunden zurück.

Peter war kreidebleich und vollkommen nassgeschwitzt.

»Um ein Haar hätte er dir das Licht ausgeknipst, Erster. Und danach wären wohl Bob und ich dran gewesen …«

Justus setzte ein Pokergesicht auf. »Das sehe ich entschieden anders, Kollegen. Dennoch steht uns die größte Gefahr erst noch bevor …«

Bob, der nervös mit seinem Schuh Kreise in den Kies malte, hielt plötzlich inne und warf dem Ersten Detektiv einen verachtenden Blick zu. »Ich habe ja für alles Verständnis, Just. Selbst dafür, dass wir am frühen Morgen auf einem verlassenen Parkplatz von maskierten Typen überfallen werden, die dir eine Schusswaffe mit Schalldämpfer an die Schläfe halten und kaum davor zurückschrecken würden, uns abzuknallen. Das ist ja alles ganz cool, locker und flockig! Völlig harmlos und gehört wohl zu unserem Berufsrisiko. Habe verstanden!

Aber was du hier abziehst, das schlägt dem Fass den Boden aus! Jetzt bist du eindeutig zu weit gegangen!«

»Was meinst du denn?« Justus war von Bobs heftigem Gefühlsausbruch äußerst überrascht.

»Niemand hat etwas dagegen, dass du bei unseren gemeinsamen Ermittlungen viele Dinge im Alleingang unternimmst, Justus. Daran haben wir uns im Laufe der Jahre wirklich gewöhnt. Was aber überhaupt nicht geht, ist, dass du uns ständig über dein Wissen im Unklaren lässt! Nur zum Schluss eines Falles wird die Katze von dir, meist in Form eines ellenlangen Monologes, aus dem Sack gelassen, was bei Außenstehenden den Anschein erweckt, dass Peter und ich nur deine minderbemittelten Komparsen sind!«

Bob atmete tief durch. Kurz fragte er sich, ob er mit seinen Anschuldigungen zu weit gegangen war. Doch dann stellte er fest, dass er sich nun, nachdem er seine Gefühle endlich mal in Worte gefasst hatte, tatsächlich etwas besser fühlte. Er blickte Justus schweigend an.

Peter sah verlegen zu Boden.

»Ihr seid nicht meine Komparsen, Kollegen. Wir sind ein Team. Und das soll auch immer so bleiben«, entgegnete Justus ruhig. »Dennoch bin ich dir dankbar, dass du mir so geradeheraus die Lage aus deiner – oder besser gesagt aus eurer – Sicht beschrieben hast.« Er räusperte sich. »Kommt meine Vorgehensweise bei unseren Ermittlungen bei euch wirklich *so* krass an?«

»In diesem Fall tatsächlich, Erster«, entgegnete Bob jetzt etwas freundlicher. »Und du musst doch zugeben, dass es schon etwas bizarr ist, wenn dir ein offenbar geistig umnachteter

Kerl eine Waffe mit Schalldämpfer an die Schläfe hält, *du* zwar über die Hintergründe seines Verhaltens im Bilde bist, Peter und ich hingegen überhaupt keine Peilung haben, was da eigentlich im Busch ist.«

»Die beiden Typen in dem Van sind doch die Entführer von Bianca, richtig?«, brachte sich Peter wieder in das Gespräch mit ein.

Justus warf einen kurzen Blick auf seine Armbanduhr. »Es ist jetzt kurz nach sieben, Kollegen. Nach Rocky Beach müssen wir etwa zweieinhalb Stunden Fahrzeit einkalkulieren. Deshalb sollten wir uns jetzt schleunigst wieder in deinen Wagen setzen und die Rückfahrt antreten.«

»Du redest ja schon wieder in Hieroglyphen«, erzürnte sich Bob. »Und Peters Frage hast du auch nicht beantwortet!«

Justus setzte sich bereits in den MG. »Bob, ich verspreche hoch und heilig, dass ich euch auf der Fahrt nach Rocky Beach in allen Dingen Rede und Antwort stehen werde. Aber jetzt lasst uns sofort von hier verschwinden!«

Peter runzelte fragend die Stirn. »Und die Anordnung dieses bewaffneten Typen, dass wir hier mindestens eine halbe Stunde ausharren sollen, schlägst du so einfach in den Wind?«

»So ist es, Zweiter. Denn wenn wir diesem Befehl Folge leisten, wird das unser sicheres Todesurteil sein!«

Auf Messers Schneide

Kaum hatte Peter seinen MG vom Parkplatz auf den Highway gelenkt, als Bob sich auch schon nach vorne beugte und Justus auf die Schulter tippte.

»So, Erster, dann lass mal deine Infos raus!«

»Und wo soll ich anfangen?«

»Zum Beispiel damit, ob die beiden Typen in dem Van die Entführer von Bianca sind?«

Der Erste Detektiv schüttelte entschieden den Kopf. »Es gibt in diesem Fall gar keine Entführer, Zweiter, und auch kein Mädchen namens Bianca.«

Bob sah ihn entgeistert an. »Nimmst du uns jetzt hoch, Just? Sozusagen als Rache dafür, weil ich dir eben mal gründlich den Kopf gewaschen habe?«

Justus überging diese Spitze. »Als ich vorhin in Mexiko vor dem Grenzübergang Michael Rompa als Beifahrer in dem blauen Van wiedererkannt habe, ist mir natürlich als Erstes der Gedanke durch den Kopf geschossen, dass er einer der beiden Entführer ist. Aber dann ist mir die Unmöglichkeit dieser Annahme klar geworden, denn in dem Fall hätte er uns niemals verraten, dass es sich bei dem Walkman um Biancas Eigentum handelt. Und er hätte uns wohl auch kaum so bereitwillig ihre Handynummer gegeben. Denn die hätte uns ja auf ihre Spur gesetzt, und so ein blöder Fehler würde selbst dem dümmsten Entführer nicht unterlaufen.«

»Moment mal«, hakte Peter irritiert nach. »Du hast doch aber eben gesagt, dass es gar keine Entführung gegeben hat?!«

»So ist es, Zweiter, die Entführung sollte uns nur mithilfe der Tonaufnahme auf dem Walkman suggeriert werden.«
»Dann war die Aufnahme also getürkt oder stammte aus einem Hörspiel, so wie du von Anfang an vermutet hast?«
»Ersteres ist richtig, Bob«, bestätigte Justus. »Denn die Stimme auf dem Walkman ist mit der auf den drei Sprechpuppen eindeutig identisch. Folglich sind alle Sprachaufnahmen extra dafür angefertigt worden, uns aufs Glatteis zu führen.«
In Peters Kopf fuhren die Gedanken Karussell. Er hatte Mühe, sich aufs Fahren zu konzentrieren. »Soll das etwa bedeuten, dass der Walkman auf dem Parkplatz des Sportstudios absichtlich vor meinem Fahrrad deponiert wurde, damit *ich* ihn dort finden sollte?«
»So sieht es aus, Zweiter.«
»Aber Moment mal, Just«, folgerte Bob nachdenklich. »Wenn der Köder eigens für Peter dort ausgelegt wurde, konnten der oder die Personen doch nicht sicher davon ausgehen, dass unser Zweiter die Sachen an sich nehmen und in unserer Zentrale an die Musikanlage anschließen würde, wo wir uns die Aufnahme dann ja tatsächlich auch angehört haben. Es hätte doch ebenso gut sein können, dass Peter die Teile gleich zum nächsten Fundbüro schleppt und *dort* abgibt.«
Justus zupfte an seiner Unterlippe. »Dieses Rätsel gilt es noch zu knacken, Kollegen. Dennoch liegt es ganz klar auf der Hand, dass *wir* diese Aufnahme hören sollten. Dessen bin ich mir absolut sicher! Also weiter im Text: Wir drei verließen das Sportstudio, um draußen vor der Tür sofort die Handynummer dieser Bianca anzurufen, deren Walkman Rompa angeblich wegen der heutigen Seltenheit dieses Gerätes gleich

als ihren wiedererkannt hatte. Und wer meldete sich am anderen Ende der Leitung?«

»Dieser Mexikaner. Juan Conzales!«, rief sich Peter ins Gedächtnis zurück.

»Irrtum, Zweiter.« Erst jetzt griff Justus nach einer der Chipstüten und öffnete sie. »Je länger ich darüber nachdenke, desto mehr bin ich der Überzeugung, dass es Michael Rompa selbst war, der uns mit seinem geradebrechten Spanisch und verstellter Stimme weismachen wollte, Biancas Handy gerade eben in Tijuana gefunden zu haben.« Hungrig ließ Justus eine große Handvoll Chips in seinem Mund verschwinden und reichte die Tüte dann an Bob weiter.

»Und wie kommst du auf diese Theorie?«

»Es ist mehr als nur eine Theorie, Zweiter«, antwortete Justus mit vollem Mund. »Denn mir sind zuvor noch keine Mexikaner begegnet, die so ein klischeehaftes Englisch sprechen wie dieser angebliche Juan Conzales und der maskierte Verbrecher, der mir die Waffe an die Schläfe gepresst hat.«

»Den du an der Grenze in dem blauen Van ja eindeutig als Michael Rompa identifiziert hast.«

»Und der gleichzeitig Juan Conzales war, Bob. Da gibt es nicht den geringsten Zweifel! *Ich Polizei nix gehen, Gringo!*«, imitierte Justus mit spanischem Akzent. »Und dazwischen die so häufige Verwendung des Wortes ›schließlich‹, das sowohl Conzales als auch der Bewaffnete ständig in ihre Sätze mit einfließen ließen! Kein Mexikaner, der der englischen Sprache so wenig mächtig ist, würde dieses Adverb so oft, geschweige denn überhaupt, benutzen!«

Bob steckte sich weitere Chips in den Mund. »Und jetzt fällt mir gerade wieder ein, wie Michael Rompa in dem Fitnessstudio erwähnt hat, dass er in zwei Minuten Feierabend habe. Auch das passt perfekt zu deiner These, Erster. So konnte er schnell unbemerkt hinter uns hinauslaufen, um dort für die nötigen Straßengeräusche zu sorgen, und uns mit verstellter Stimme weismachen, dass er sich als Juan Conzales gerade in der Calle Emiliano Zapata befinde. Und ebenso passt es ins Bild, dass er sich über Biancas Walkman ausgerechnet *Trouble Maker* angehört haben will. In voller Länge! Exakt das Musikstück, das vor der Aufnahme des Überfalls lief!«

»Jetzt, wo man genauer darüber nachdenkt, fällt es einem ja schon wieder wie Schuppen aus dem Bart«, äußerte sich Peter empört. »Damit wollte er den Beweis erbringen, dass die inszenierte Entführung erst gestern Vormittag stattgefunden haben konnte und sich die Aufnahme nicht schon seit Wochen auf der Kassette befand.«

»Na klar, damit wir sofort handeln würden!«, fügte Bob kauend hinzu.

»Wir haben uns dann ja auch umgehend auf den Weg nach Mexiko gemacht«, referierte Justus weiter. »Auf der Calle Emiliano Zapata rief dann Michael Rompa prompt auf meinem Handy an, um uns in der Rolle von Juan Conzales den Bären aufzubinden, er habe beobachtet, wie einer der Entführer mit Bianca aus einem Lieferwagen in ein Taxi gestiegen sei. Und wie es der Zufall wollte, hatte er auch noch hören können, wohin die Fahrt gehen sollte.«

»Zu dieser unheimlichen Wellblechhütte in dem verlassenen Cañon del Padre!«, fügte Peter hinzu, während Bob auf der

Rückbank die nun leere Chipstüte zerknüllte und vor Hunger sogleich eine weitere aufriss. »Wo zu allem Überfluss, aus mir bis jetzt unerfindlichen Gründen, auch noch mein Wagen plötzlich streikte und wir somit gezwungen waren, in diesem Horrorkasten zu übernachten!«

Justus schüttelte entschieden den Kopf. »Das waren keine unerfindlichen Gründe, Zweiter, das war pure Absicht!«

»Wie meinst du das denn, Justus? – Und mal ganz nebenbei bemerkt, es wäre außerordentlich freundlich von dir, Bob, wenn du mir auch mal ein paar Chips geben könntest. Denn ebenso wie du habe auch ich seit gestern Nachmittag nichts mehr gegessen!«

Bob grinste verlegen und schüttete aus der vollen Tüte eine üppige Portion Chips in Peters aufgehaltene Hand.

»Michael Rompa und sein Komplize müssen uns unbemerkt gefolgt sein, Kollegen«, fuhr Justus fort. »Und ich vermute ganz stark, dass sie, während wir uns in der Wellblechhütte umsahen, aus deinem MG die Zündkerzen herausgedreht haben. Dann haben sie wahrscheinlich gewartet, bis wir eingeschlafen waren, um die Zündkerzen wieder einzubauen. Und zwar aus mehreren Gründen.«

»Und die wären?«

»Zum einen, Bob, wollten die beiden sichergehen, dass wir uns sehr gründlich in der Hütte umsehen, die Puppen finden und deren fingierte Sprachbotschaften auch tatsächlich entschlüsseln würden. Diese Rechnung konnte in dieser düsteren Hütte doch nur bei längerem Aufenthalt aufgehen. Zum anderen wollten die beiden Verbrecher wahrscheinlich mit allen Mitteln verhindern, dass wir uns bei absoluter Dun-

kelheit auf den Weg zurück über die Grenze machen. Das Risiko wäre zu groß gewesen.«
Peter wandte seinen Blick kurz zu Justus. »Was denn für ein Risiko, Erster?«
»Eines war für Michael Rompa und seine Komplizen so sicher wie das Amen in der Kirche: Sie wussten, dass wir diese drei Puppen mitnehmen würden, allein schon, weil wir sie für wichtige Beweise in einem Entführungsfall halten mussten. Und es ist allemal unverdächtiger, wenn drei amerikanische Jungen am frühen Morgen bei strahlendem Sonnenschein zwischen fröhlichen Familienautos die Grenze passieren als in stockdunkler Nacht.«
»Wieso denn *unverdächtiger*?«, fragte Peter verwundert. »Wir haben uns doch nicht das Geringste zuschulden kommen lassen.«
Justus öffnete eine weitere Dose mit Limonade. »Dieser Ansicht war ich auch, Zweiter, bis ich vorhin Michael Rompa in dem blauen Van vor dem Grenzübergang entdeckt habe. Aus den von mir eben bereits erwähnten Gründen wurde mir schnell klar, dass es sich bei ihm und seinem Komplizen *nicht* um die Entführer von Bianca handeln konnte. Demnach musste es einen anderen Grund geben, weshalb sich die beiden plötzlich und überraschenderweise nur wenige Wagen hinter uns in der Schlange am Grenzübergang befanden.«
»Nämlich welche?«
Der Erste Detektiv atmete tief durch. »Es gab überhaupt keinen nachvollziehbaren Grund, Bob, weshalb die Entführer, wenn denn je eine Entführung stattgefunden hätte, Bianca erst nach Mexiko verschleppen sollten, um dann in kürzester

Zeit mit ihr wieder nach Kalifornien zurückzufahren. Denn selbst wenn ihre Eltern das Lösegeld inzwischen bezahlt hätten, wäre es die logische Konsequenz gewesen, das Mädchen in der Hütte zurückzulassen und den Eltern die Adresse zu nennen, an der sie ihre Tochter abholen könnten. Aber diese Theorie fiel ohnehin schon flach, weil uns die Puppen ja einen anderen Grund für den schnellen Ortswechsel nannten.«
»Dass plötzliche Schwierigkeiten eingetreten seien und man Bianca im Santa Monica Motel verstecken werde«, gab Peter die Botschaft der drei Puppen sinngemäß wieder. »Jetzt, wo du den Fall vor uns aufrollst, Justus, werden mir erst die ganzen Ungereimtheiten bewusst. Wieso sollten die Kidnapper das Risiko eingehen, mit ihrem Entführungsopfer die mexikanische Grenze gleich zweimal zu passieren? Mal ganz davon abgesehen, dass Bianca doch spätestens bei den Zöllnern an der Passkontrolle Alarm geschlagen hätte.«
Justus nippte kurz an der Getränkedose. »Du sagst es, Zweiter. Wir haben uns von dieser äußerst dramatischen Entführungsszene auf dem Walkman derart blenden lassen, dass wir die Logik völlig außer Acht gelassen haben, was für Detektive äußerst verwerflich ist. Denn die Botschaft der Puppen, zum Santa Monica Motel zu fahren, diente allein dem Zweck, dass wir diese drei Spielzeuge von Mexiko in die Vereinigten Staaten bringen, damit Rompa und sein Komplize sie uns kurz hinter der Grenze wieder abnehmen konnten.«
»Just?« Bob beugte sich vor und wurde plötzlich sehr ernst. »Ich sollte vorhin an der Grenze den drei Puppen die Batterien entnehmen, mit denen du in der Tankstelle verschwunden bist. Was hatte es mit den sechs Dingern auf sich?«

»Jetzt kommt's ...«, raunte Peter in übler Vorahnung.
Der Erste Detektiv atmete noch einmal tief durch. »Ich habe mich in dem Shop direkt aufs Klo begeben, mich in einer Kabine eingeschlossen und die Batterien einer gründlichen Inspektion unterzogen. Sie ließen sich am unteren Rand aufschrauben, handwerklich eine hervorragende Arbeit, und waren alle bis zum Rand mit einer weißen, fest zusammengepressten Substanz gefüllt. Meiner Meinung nach handelte es sich dabei um Heroin oder Kokain. Ich bin weiß Gott kein Fachmann, was diese illegalen Drogen betrifft, aber nach einer groben Schätzung würde ich mal vermuten, dass der Marktwert des gesamten Stoffes mindestens 50 000 Dollar beträgt.«
Peter hielt das Lenkrad fest umklammert und stieß einen überraschten Pfiff aus. »50 000 Dollar? Dafür muss eine Oma aber lange stricken!«
»Und für diese Summe sind einige Menschen schon bereit, jemanden umzubringen«, verkündete Bob mit großer Besorgnis. »Vor allem, wenn man ihre Drogengeschäfte durchkreuzt.«
»Und was hast du mit den Batterien gemacht? Ich meine mich daran zu erinnern, dass du Cotta gegenüber vorhin bei dem Telefonat von einer großen Dummheit gesprochen hast, die dir unterlaufen wäre ...«
Justus knirschte mit den Zähnen. »Ich habe sie in den Wasserkasten hinter der Toilette geworfen ...«
»Aha«, ließ Bob verlauten. »Das ist doch aber eigentlich ganz einleuchtend, Erster. Ich meine, die mit Drogen gefüllten Batterien über die Grenze zu schmuggeln, wäre ja wohl mehr als hirnrissig gewesen! Man mag sich gar nicht vorstellen, was

passiert wäre, wenn uns die Grenzbeamten gefilzt oder die Spürhunde angeschlagen hätten: Dann säßen wir jetzt bereits im mexikanischen Knast und könnten uns den Himmel nur noch durch die Gitterstäbe ansehen. Worin bestand also die Dummheit?«

Nervös begannen Justus' Finger auf der leeren Getränkedose herumzutrommeln. »Michael Rompa und sein Komplize sind nicht das Problem, Kollegen. Denn die spielen in der ganzen Geschichte wahrscheinlich nur eine kleine, untergeordnete Rolle. Vermutlich handelt es sich bei den beiden um zwei erbärmliche Kleindealer, die sich ihre Hände nicht schmutzig machen wollten und uns mit einer raffiniert eingefädelten Geschichte dazu gebracht haben, als Drogenkuriere für sie zu fungieren.«

»Kleindealer?«, wetterte Peter erbost. »Hast du etwa schon vergessen, dass dir Michael Rompa eine Knarre mit Schalldämpfer an die Schläfe gepresst und dir gedroht hat, dich eiskalt abzuknallen, falls du Widerstand leisten solltest?«

Justus winkte gelassen ab. »Ein lächerliches Gehabe, Zweiter, das mich in keinster Weise eingeschüchtert hat. Diese harten Sprüche, die er von sich gegeben hat, stammten vermutlich aus einem seiner Lieblingsactionfilme. Und die Plastikpistole konnte in mir nur ein mildes Lächeln hervorrufen. Was ich aber tunlichst verborgen habe.«

»Eine Plastikpistole?«, wiederholte Peter ungläubig. »Bist du dir da wirklich ganz sicher, Erster?«

»Absolut, den Braten hatte ich gleich gerochen. Ich musste das Kabinettstückchen nur glaubhaft mitspielen, um die beiden in Sicherheit zu wiegen!«

Bob hatte Justus noch immer nicht ganz verstanden. »Und worin besteht dann das Problem? Ich meine, die Dummheit, von der du vorhin gesprochen hast?!«

»Fünf Personen stecken jetzt in argen Schwierigkeiten, Kollegen: Michael Rompa und sein Komplize, weil die ihren Auftraggebern die Drogen nicht aushändigen können, und die drei Detektive, die die Batterien ausgetauscht und im Wasserkasten einer Toilette hinter der mexikanischen Grenze versenkt haben.«

»Na großartig!« Peter fasste sich verstört an den Kopf. »Erst regelt Justus Jonas mal wieder alles im Alleingang, und jetzt, wo die Situation in einer Katastrophe zu enden droht, ist plötzlich wieder von *drei Detektiven* die Rede!«

»Nun lass doch die Wortklauberei«, beschwichtigte Bob. »Wir sind ein Team! Und dabei bleibt es auch!«

Justus war sichtlich bemüht, einen kühlen Kopf zu bewahren. »Die einzige Gefahr geht somit von den Auftraggebern aus«, fuhr er fort. »Das sind die wirklichen Verbrecher, die möglicherweise nicht davor zurückschrecken, für die Wiederbeschaffung ihrer Drogen einen Menschen zu töten. Für die zählt nur der Profit.«

»Dann schlage ich vor, sobald die uns auf die Pelle rücken, verraten wir denen umgehend, wo du die Batterien deponiert hast, Erster. Am besten schon auf eine große Tafel geschrieben, die du um deinen Hals hängst, damit dir die Typen gar nicht erst zu nahe kommen!«

Verzweiflung machte sich in Bobs Gesicht breit. »Ich wäre eher dafür, umgehend bei Inspektor Cotta vorzusprechen, damit er uns einen Begleitschutz zur Seite stellt, der uns rund um die Uhr bewacht, bis diese gefährlichen Typen gefasst sind!«

»Und was ist mit Michael Rompa und seinem Komplizen?«, brachte Peter die beiden Ganoven ins Spiel. »Die werden ja sicherlich wissen, wo ihre Auftraggeber zu finden sind. Wenn Cotta erst an *die* herankommt, müsste man doch auch den großen Drogenbossen den Garaus machen können. Und wo Michael Rompa anzutreffen ist, wissen wir: im Sportstudio *Body Talk*! Dafür brauchst du noch nicht mal nach dem Kennzeichen des blauen Vans zu recherchieren, Bob! Wir können den Inspektor direkt zum Sunset Strip schicken und den Mucki-Macker an seinem Arbeitsplatz verhaften lassen!«

In diesem Moment ertönte aus Justus' linkem Schuh ein leises, kaum wahrnehmbares Piepen.

Peter spitzte die Ohren. »Sag mal, ist das nicht das Signal unseres Peilsenders?«

Der Erste Detektiv begann augenblicklich an seinem Schuh zu nesteln und zog daraus einen kleinen viereckigen Kasten hervor. »Ganz recht, Zweiter. Und hier in meiner Hand befindet sich das dazugehörige Empfangsgerät!«

Bob bekam Stielaugen. »Du hast doch nicht etwa …?«

»Und ob, Kollegen! Als ich vorhin auf dem Parkplatz an den Van herantrat und den maskierten Fahrer bat, mir gnädigerweise doch mein Handy zurückzugeben, habe ich unbemerkt unseren Peilsender an dem Wagen angebracht!«

Langsam wurde das Piepen lauter.

»Und wenn es sich um keine Empfangsstörung handelt, würde ich behaupten: Der Van muss sich in einem Umkreis von rund zwei Meilen befinden! Der Fisch ist an der Angel!«

Ein echter Schock!

Mithilfe des Peilsenders war es für die drei Detektive kein Problem, dem blauen Van mit gehörigem Sicherheitsabstand auf den Fersen zu bleiben. Das Risiko, zwischendurch einmal anzuhalten, um über einen öffentlichen Fernsprecher Inspektor Cotta zu informieren, wollte Justus aber nicht eingehen, da die große Gefahr bestand, dass sich der Van dann dem Sendebereich des Peilsenders entziehen könnte. Daher entschieden die Jungs einstimmig, erst einmal abzuwarten, bis das Fahrzeug sein Ziel erreicht hätte, um dann abzuwägen, was zu tun sei.

Zur großen Überraschung der drei Detektive führte sie der Signalton des Peilsenders ohne Umwege direkt nach Rocky Beach. Peter war weiterhin sehr darauf bedacht, nicht in Sichtweite des Vans zu geraten, und vergrößerte daher den Abstand, als er in das kleine Küstenstädtchen einfuhr. Doch seine Vorsicht sollte sich nicht bezahlt machen, denn plötzlich wies Justus aufgeregt auf das leuchtende Signal eines Bahnüberganges, der die Fahrbahn kreuzte.

»Gib Gas, Zweiter, bevor sich die Schranke schließt!«

Der Zweite Detektiv hätte in dieser Situation jede Verkehrsregel missachtet, doch ausgerechnet der Fahrer eines weißen Porsches vor ihnen schien es an diesem Vormittag nicht besonders eilig zu haben, trat vorschriftsmäßig auf die Bremse und zwang Peter somit ebenfalls zum Halten. Die Schranke schloss sich und Justus begann nervös mit den Fingern aufs Armaturenbrett zu trommeln.

Sekunde um Sekunde verging und noch immer war kein Zug zu sehen – der Signalton des Peilsenders wurde langsam, aber deutlich schwächer.

»Ich habe wirklich mein Bestes gegeben, Leute«, versuchte Peter die Schuld von sich zu weisen. »Wenn der Typ in dem Sportwagen vor mir so 'ne Schlafmütze ist, kann ich schließlich auch nichts machen!«

Justus und Bob nahmen die Situation schweigend zur Kenntnis und warteten voller Ungeduld darauf, dass der Zug die Fahrbahn endlich überqueren würde. Doch noch immer tat sich nicht das Geringste.

»Was sagt der Peilsender, Just?«, wollte Bob wissen, da aus dem Empfangsgerät nur noch ein kaum wahrnehmbares Piepen zu hören war.

»Das ist seltsam, Kollegen. Der Van scheint angehalten zu haben. Entweder steht das Fahrzeug gerade vor einer Ampel mit sehr langer Rotphase, oder aber –«

In diesem Moment brauste endlich ein ellenlanger Güterzug heran und kreuzte mit lautem Getöse den Bahnübergang. Doch selbst als sich der Zug schon längst wieder entfernt hatte, verstrich noch eine weitere quälend lange Minute, bis die Schranke sich wieder öffnete, der Porschefahrer vor ihnen endlich den Motor startete und gemächlich anfuhr.

Justus blickte irritiert auf das Empfangsgerät. »Der Van muss sich in einer der nächsten Parallelstraßen auf der linken Seite vor uns befinden!« Er navigierte Peter durch die vertraute Stadt, während der Signalton wieder stetig stärker wurde. »Wir kommen dem Objekt unserer Begierde immer näher. Jetzt links abbiegen, Zweiter, und dann müsste auch schon –« Er stockte und blickte fassungslos auf die rechte Häuserreihe der vor ihnen liegenden Straße. »Das gibt es doch nicht!«

Sofort begriffen auch Bob und Peter, was Justus gerade mit Entsetzen registriert hatte.

»Dort vorne in dem Haus wohnt Skinny Norris, Freunde!«

»Skinny Norris!« Peter stieß einen verächtlichen Laut aus. »Unser Erzfeind, der schon seit unserem ersten Fall versucht, uns das Leben zur Hölle zu machen! Warum um alles in der Welt sind wir bloß nicht schon viel früher auf diese naheliegendste aller Möglichkeiten gekommen, dass *er* hinter dieser ausgekochten Sauerei steckt und der Komplize ist!«

»Weil wir einfach immer noch an das Gute im Menschen glauben und daran, dass sogar ein Skinny Norris, der schon dutzendfach versucht hat, uns aufs Kreuz zu legen, zur Vernunft kommen kann!« Bob fühlte eine unbändige Wut in sich aufsteigen.

»Jetzt ist mir auch klar, warum der maskierte Fahrer des Vans keinen Ton von sich gegeben hat!«, zog Justus Bilanz. »Die Stimme hätten wir doch sofort erkannt! Ich muss schon sagen, die Verkleidung war überzeugend. Es ist auch äußerst plausibel, dass zwei Typen wie Michael Rompa und Skinny Norris sich blendend verstehen! Und wer wüsste besser Bescheid als Skinny, dass du dich für Sport begeisterst, Peter, und der Einladung des Gratisprobetrainings, die er dir per Wurfsendung zukommen ließ, unmöglich widerstehen konntest!«

»Du meinst …«

»Ganz recht, Zweiter! Skinny und Michael Rompa sind Komplizen und stehen in Kontakt zu Drogendealern, die ihnen den Auftrag erteilten, die präparierten Puppen mit der heißen Ware von Mexiko hierher über die Grenze zu schmuggeln. Aber Skinny war die Sache anscheinend zu heiß, und so ersann er den perfiden Plan, dass andere die heißen Kartoffeln für ihn aus dem Feuer holen sollten: die drei Detektive! Deshalb lockte er dich ins Fitnessstudio *Body Talk*, wo er sich draußen auf dem Parkplatz nur auf die Lauer legen musste, um im passenden Moment seinen Köder auszulegen. Und da Skinny weiß, dass wir Detektive sind, konnte er fest davon ausgehen, dass du den Walkman einer gründlichen Inspektion unterziehen würdest, bevor du ihn zu einem Fundbüro bringst! Tja, der Rest ist bekannt: Wir sind der Entführungsgeschichte, die er und Michael Rompa eigens für uns inszeniert haben, gründlich auf den Leim gegangen. Doch leider ging ihre Rechnung nicht bis zum Schluss auf.«

»Weil du in letzter Instanz eben doch cleverer bist als die beiden Hohlköpfe, Erster!«, lobte Bob mit einem anerkennenden Schulterklopfen. »Nur, wie konnten sich die beiden so sicher sein, dass wir Cotta nicht gleich in den Fall mit einbeziehen würden? *Er* wäre dann doch statt unser in der Hütte auf die mit Drogen gefüllten Puppen gestoßen und die ganze Aktion wäre vollkommen aus dem Ruder gelaufen!«

»Skinny ist zwar nicht immer der Hellste, Kollegen, aber er ist durchtrieben bis in die Fingerspitzen. Und er kennt uns! Daher lehrte ihn die Erfahrung, dass unser Ehrgeiz groß ist, die Polizei erst einzuschalten, wenn ein Fall kurz vor seiner Vollendung steht. Und bis dahin wollten uns die beiden die Puppen längst wieder abgenommen haben!«

Peter hatte den MG inzwischen an den Straßenrand gelenkt und blickte bei laufendem Motor zu Skinnys Haus hinüber. »Und was machen wir jetzt? Wo befindet sich überhaupt der blaue Van? Er ist nirgends zu sehen, obwohl der Peilsender ein ganz lautes Signal von sich gibt.«
»Skinny wird den Wagen, den er oder Michael Rompa wohl eigens für ihre Tour gemietet haben, in die Garage seiner Eltern gefahren haben, Zweiter«, vermutete Justus. »Und was deine andere Frage betrifft: Wir werden jetzt aussteigen und uns unauffällig dem Norris-Haus nähern. Und dann sondieren wir erst mal die Lage. Wir wissen ja, wo sich das Fenster seines Zimmers befindet.«
Justus schaltete den Peilsender und Peter den Motor seines MGs aus, und dann machten sich die drei Detektive zu Fuß auf den Weg zur Villa von Skinnys Eltern. Vorsichtig passierten sie das Gartentor und schlichen, in der Deckung eines riesigen Hibiskusbusches, unter das Fenster von Skinnys Unterkunft. Es stand einen Spalt offen, die Vorhänge waren jedoch zugezogen.
Justus legte warnend den Finger an die Lippen. In diesem Moment ertönten aus dem Zimmer die gellenden Schreie einer jungen Frau, untermalt von einem unheimlichen, elektrischen Knistern. Dann war plötzlich alles still, bis die Detektive die verzweifelte Stimme von Skinny Norris vernahmen.
»So lassen Sie doch die Kleine laufen! Sie hat gar nichts mit der Sache zu tun, Sir! Sie ist doch nur die Freundin von meinem Kumpel und – ahhhhhhh!« Skinny schrie schmerzverzerrt auf und wieder ertönte das elektrische Knistern.
»Schnauze, Skeletor!«, wurde er von einer brutalen Männer-

stimme zurechtgewiesen. »Du redest nur, wenn du gefragt wirst!«
»Ich heiße Skinner«, erwiderte Skinny trotzig. »Und ich verlange, dass Sie mich auch so nennen!«
»Sooo?«, entgegnete die Stimme süffisant. »Das *verlangst* du?«
»Ahhhhhhhhhhh!« Skinnys Schreie gingen den drei Detektiven durch Mark und Bein.
»Jetzt sage ich dir noch einmal ganz langsam und deutlich, was *wir* von dir verlangen! Und wenn du dann nicht augenblicklich redest, kenne ich noch ganz andere Stellen, an denen der Elektroschocker wirklich schmerzhaft ist!«
»Vielleicht wollen die drei hier den Stoff ja auch zum Eigenverbrauch für sich behalten, Chef«, meldete sich nun eine andere Männerstimme mit einem tiefen Bariton zu Wort. »Skinny hat doch die typische Figur eines Abhängigen, so hager und abgemagert, wie der aussieht!«
Peter gab Justus und Bob mit kurzen Handzeichen zu verstehen, dass er schnell eine Runde ums Haus machen wollte, um zu überprüfen, ob es irgendwo eine Möglichkeit gab, unbemerkt hineinzugelangen.
Geduckt schlich er davon, während sich die junge Frauenstimme wieder zu Wort meldete.
»Ich weiß überhaupt nicht, was Sie von mir wollen! Ich habe doch nur diese komischen Texte auf die Puppen gelabert und in Mexiko bin ich in meinem ganzen Leben noch nie gewesen!«
»Ach, das ist ja sehr interessant«, horchte der Bariton auf. »Von welchen komischen Texten ist denn da die Rede?«
»Halt den Mund, Afton!«, drang plötzlich die erregte Stimme

von Michael Rompa durch das Fenster. »Das hat doch gar nichts mit der Sache zu tun!«
»So, meinst du?«, unkte die junge Frau zurück. »Das sehe ich aber entschieden anders! Wahrscheinlich haben euch nämlich diese drei Jungs über den Tisch gezogen und den Stoff an sich genommen!«
Bob und Justus erstarrten.
»Von welchen drei Jungs faselst du da?«, horchte der andere Mann plötzlich auf.
»Na, die anstelle von Skinny und Michael die Puppen über die Grenze geschmuggelt haben! Und ich sehe überhaupt nicht ein, weshalb ihr jetzt eure Köpfe für diese vermasselte Tour hinhaltet! Wirklich, Jungs, bei aller Fairness!«
»Ich höre wohl nicht richtig!« Der Bariton erhob drohend seine Stimme. »Wer sind diese drei? Wie heißen sie und wo wohnen sie? Los jetzt! Antwortet gefälligst! Oder soll mein kleines elektrisches Spielzeug die Wahrheit aus euch herauskitzeln?«
»Hören Sie, Sir«, gab Skinny kleinlaut von sich. »Geben Sie uns eine Stunde und wir sorgen dafür, dass Sie Ihren Stoff vollständig zurückbekommen. Aber wir kümmern uns selbst um diese Angelegenheit, okay?«
»Sag mal, Michael!«, fuhr das Mädchen erbost aus der Haut. »Hat man das Gehirn deines Freundes draußen zum Trocknen an die Leine gehängt, oder wieso weigert er sich, die Namen der drei auszuspucken? Wenn er zu feige dazu ist, dann pack *du* doch aus! Ich würde es ja sofort machen, aber mich habt ihr in dieses Detail ja leider nicht eingeweiht!«
In diesem Moment kam Peter zurückgeschlichen und mach-

te seinen Freunden mit Handzeichen verständlich, dass er bei seiner Suche nach einem heimlichen Zugang zum Haus keinen Erfolg gehabt hatte. Dann hielt er sich die rechte Hand ans Ohr und nickte Justus kurz zu.

»Du kennst den Dicken nicht, Afton!«, versuchte Skinny die junge Frau zu überzeugen. »Der ist gerissen wie ein Luchs und wird den Stoff höchstens herausrücken, wenn man ihm einen vernünftigen Deal vorschlägt. Und dazu bin einzig und allein *ich* in der Lage. Wenn die beiden sich den Fettmops vornehmen, dann machen die den kalt. Ohne Rückfahrschein!«

»Worauf du dich verlassen kannst, Skeletor«, erwiderte der Mann entschlossen. »Und deshalb wird mir jetzt einer von euch seinen Namen und die Adresse verraten, oder ihr könnt euch nach und nach von euren Gliedmaßen verabschieden …«

In gebückter Körperhaltung schlich Justus zur Eingangstür hinüber und winkte seinen Freunden, ihm zu folgen.

»Was hast du vor, Erster?«, zischte Peter leise.

»Ich denke, jetzt ist der Zeitpunkt gekommen, um einzugreifen!«

Die 7. Zeugin

Der Erste Detektiv trat entschlossen an die Haustür heran und drückte auf den Klingelknopf. Doch auch nach einer längeren Wartezeit erfolgte keine Reaktion. Dann klingelte Justus erneut, dieses Mal hartnäckiger und mehrmals hintereinander. Peter glaubte, kurz einen Schatten hinter dem Fenster neben der Tür wahrgenommen zu haben, und machte seine Freunde mit einem Zeichen darauf aufmerksam. Für Justus der passende Moment, um in die Offensive zu gehen. »Ich glaube, wir sind die drei Jungs, von denen Sie so dringend etwas haben wollen, die Herren!«, sprach Justus so laut, dass es mit Sicherheit hinter der Tür verstanden wurde.
Kurz darauf vernahmen die drei Detektive, wie die Türkette rasselte, dann wurde geöffnet. Im Türrahmen stand ein bulliger, mit Muskeln bepackter Mann, auf dessen kahl rasiertem Schädel ein hochhackiger Damenschuh eintätowiert war. Peter erschauderte. Ohne ein Wort zu sagen, winkte der Hüne die Jungs zu sich ins Haus und verriegelte hinter ihnen die Tür wieder. Dann dirigierte er sie durch den Flur und schubste sie unsanft in Skinnys Zimmer.
Justus hatte die Lage innerhalb weniger Sekunden erfasst: Skinny Norris und Michael Rompa lagen mitten im Raum auf dem Rücken und sahen die drei Detektive entsetzt an. Rechts von ihnen stand ein weiterer Hüne in schwarzer Lederkluft und mit hohen Springerstiefeln. Und auf dem roten Ledersofa saß die junge Frau, deren Stimme die drei Detektive bereits draußen vor dem Fenster wiedererkannt hatten.

Neben ihr lagen die drei Puppen, deren Batteriefächer geöffnet und leer waren.
»Ihr hättet nicht herkommen dürfen!«, wetterte Skinny verzweifelt. »Oder habt ihr sie etwa bei euch?«
»Darf ich mich setzen, Sir?«, fragte Justus und ließ sich wie selbstverständlich und ohne eine Antwort abzuwarten neben Michael Rompas Freundin auf das Sofa sinken.
»Na, dann spuck mal aus, Junge«, forderte der tätowierte Glatzkopf Justus auf. »Bin gespannt, was du uns zu vermelden hast.«
Der Erste Detektiv schlug die Beine übereinander und setzte zur Demonstration eine der Puppen auf seinen Schoß. »Eigentlich nicht viel, die Herren. Außer vielleicht, dass wir wissen, dass Sie Skinny Norris und Michael Rompa den Auftrag erteilt haben, mithilfe dieser drei Puppen hier eine erhebliche Menge Rauschgift von Mexiko über die Grenze nach Kalifornien zu schmuggeln.«
Der Tätowierte grinste hämisch. »Das ist zweifelsfrei richtig, Dicker. Und wie ich gehört habe, habt nun ihr drei Jungs diesen Job übernommen.«
Justus schüttelte entschieden den Kopf. »Irrtum, Sir, das ist zweifelsfrei unrichtig. Denn wir sahen unsere Aufgabe lediglich darin, Skinny und seinen Freund Michael davor zu bewahren, eine große Dummheit zu begehen. Und deshalb war es uns ein großes Anliegen –«
»Jetzt quatsch keine großen Opern und beantworte uns nur eine Frage!« Drohend ging der Bariton auf Justus zu und baute sich breitbeinig vor ihm auf. »Wo ist der Stoff? Hat ihn einer von euch Jungs bei sich?«

»Sie betreiben Ihren Drogenschmuggel wirklich professionell, das muss man Ihnen lassen.« Justus ließ sich in keinster Weise einschüchtern. »Diese sprechenden Puppen sind ja wohl schon seit längerer Zeit bei den fliegenden Händlern an der mexikanischen Grenze ein Verkaufsschlager und erfreuen sich bei den Touristen größter Beliebtheit! Dazu sind die aufschraubbaren Batterien, in denen Sie die Betäubungsmittel schmuggeln, so hermetisch abgedichtet, dass die Drogen wahrscheinlich noch nicht einmal von den Spürhunden erschnüffelt werden können. Dennoch hat sich mir eine Frage aufgedrängt, die ich mir bis jetzt noch immer nicht ganz erklären konnte.«

»Und die wäre?«, fragte der Tätowierte mit auffallender Gelassenheit.

»Wie stellen Sie es an, dass die Puppen, während die Batterien ja mit den Drogen bestückt sind, dennoch sprechen können?«

Der Tätowierte rieb sich langsam seine verschwitzten Hände. »Tja, das wüsstest du wohl gern, wie? Aber auch ich wüsste gerne etwas von *dir*, Fettmops. Und deshalb schlage ich vor, dass du mir erst mal verrätst, wo sich mein Stoff befindet. Und wenn du mich noch länger mit deinen Klugscheißereien auf die Folter spannst, mache ich dich und deine Freunde mal mit einem ganz besonderen Foltergerät vertraut, das alles andere als Glücksgefühle in euch auslösen wird!«

Der Bariton trat noch einen weiteren Schritt vor und hielt Justus seinen Elektroschocker direkt vor das Gesicht.

»Wenn ich es mir recht überlege, brauchen Sie mir meine

Frage gar nicht zu beantworten«, konterte der Erste Detektiv frech und tippte mit dem Finger auf das Batteriefach der Puppe auf seinem Schoß. »Ich bin mir ziemlich sicher, dass Sie die Puppen so präpariert haben, dass sich unterhalb des Fachs noch eine kleine Knopfzelle befindet, deren Energie gerade ausreicht, um diese Spielzeuge zum Sprechen zu bringen. Stimmt's oder habe ich recht?«

Die Lippen des Tätowierten verengten sich zu einem schmalen Strich. »Ron!« Er schnippte mit den Fingern.

Der Bariton grinste und entblößte dabei mehrere Zahnlücken. »Ja, Chef?«

»Erteile diesem Großmaul einen Schock, den er sein Lebtag nicht vergessen wird!«

»Es wird mir ein Vergnügen sein«, lachte der Bariton und schaltete den Elektroschocker ein, der sofort ein gefährliches Knistern von sich gab.

»Nein, nicht!«, fuhr Peter plötzlich laut dazwischen. »Das können Sie doch nicht machen! Die Batterien befinden sich im –«

In diesem Moment ertönte aus dem Flur ein lautes Scheppern, Poltern und Knirschen. Am Fenster wurde von außen der Vorhang zur Seite gerissen und plötzlich stürmten von zwei Seiten über ein Dutzend bewaffnete Polizeibeamte in voller Kampfmontur in den Raum!

Justus sprang vom Sessel und zeigte aufgeregt auf den Bariton und den Tätowierten. »*Das* sind die Gesuchten!«

Zur gleichen Zeit erschien Inspektor Cotta im Türrahmen und machte ein verdutztes Gesicht. »Meine Güte! In was seid ihr denn da wieder hineingeraten, Jungs?«

Die drei Detektive, der Bariton, der Tätowierte, Skinny Norris, Michael Rompa und seine Freundin Afton verharrten regungslos auf ihren Plätzen und wagten nicht, sich zu bewegen, während alle von dem mobilen Einsatzkommando mit gezückten Waffen in Schach gehalten wurden. In dem Raum war es jetzt sehr leise. Man hätte eine Stecknadel zu Boden fallen hören können.

Schließlich brach Justus mit fester Stimme die Stille. »Diese beiden Männer haben Skinny Norris und seinen Freund Michael Rompa dazu gezwungen, harte Drogen von Tijuana über die mexikanische Grenze hierher nach Kalifornien zu schmuggeln, Inspektor. Aber dann haben uns Skinny und Michael um Hilfe gebeten, aus der Sache unbeschadet herauszukommen und den Plan zu vereiteln.«

Bob, Peter, Skinny, Michael und Afton blickten Justus fassungslos an. Was war denn plötzlich in den Ersten Detektiv gefahren?

Der Tätowierte blitzte Justus mit wütenden Augen an. »Du hast ja wohl nicht mehr alle Kerzen im Kronleuchter! Ich und mein Kumpel haben noch nie etwas mit Drogen zu tun gehabt, und wenn du diese Unverschämtheiten nicht augenblicklich zurücknimmst, zerre ich dich wegen Verleumdung vors Gericht, verstanden?«

Unauffällig versuchte der Bariton, den Elektroschocker in seiner Tasche verschwinden zu lassen, doch Cotta fuhr dazwischen. »Lassen Sie das Ding zu Boden fallen!«

Der Bariton folgte der Anweisung, während der Tätowierte nicht im Traum daran dachte, klein beizugeben.

»Ich schlage vor, dass Sie uns alle durchsuchen lassen, Inspektor, dann wird sich ja zeigen, wer hier was auf dem Kerbholz hat.«

Justus lächelte dem Tätowierten überlegen zu. »Sie brauchen sich keine Mühe zu geben, denn die Drogen, die wir für Sie schmuggeln sollten, befinden sich in der Tankstelle hinter dem mexikanischen Grenzübergang, und zwar im Wasserkasten der Herrentoilette!«

»Aha! Da habt ihr eure Drogen also deponiert? Interessant! – Das heißt, eigentlich ist es völlig uninteressant. Denn der wahre Grund, weshalb mein Kumpel und ich hier aufgekreuzt sind, ist *dieses* Goldstück da!« Er zeigte zum Sofa, auf dem Afton wie ein paralysierter Tiger ins Leere starrte und zu keiner Regung fähig war. »Sie war bis vor Kurzem mit meinem Kumpel Ron zusammen, bis ihm dieser Mistkerl Michael Rompa die Lady ausgespannt hat! Und deshalb sind wir hier vorhin aufgetaucht!« Er grinste verkrampft. »Okay, der Elektroschocker ist schon etwas heftig, aber bei einer Fehde zwischen Männern, die um eine Frau kämpfen … Ich bitte Sie, Inspektor! Plötzlich stehen eben diese drei Kinder mit Hut vor der Haustür und faseln irgendeinen Schwachsinn von harten Drogen und so! Und dann stürmt hier zu allem Überfluss auch noch das mobile Einsatzkommando ins Haus!«

Peter verschränkte triumphierend die Arme. »Das haben Sie übrigens mir zu verdanken! Zum Glück steht direkt draußen vor dem Haus ein öffentlicher Fernsprecher, und die Polizisten waren ja auch wirklich schnell zur Stelle. Gratuliere, Inspektor!«

»Nun ja …« Cotta blickte etwas skeptisch aus der Wäsche.

»Du hast am Telefon ja auch mächtig dick aufgetragen, Peter. Von knallharten Drogenbossen und Todesdrohungen gesprochen. Jetzt frage ich mich aber, ob dieser aufwendige Polizeieinsatz tatsächlich wirklich vonnöten war!?«
Der Zweite Detektiv deutete anklagend auf den Bariton und den Tätowierten, die sich beide ihres Sieges sicher waren. »Aber dieses mehr als primitive Lügenmärchen kaufen Sie dem Pärchen doch nicht etwa ab, oder?«
»Mir ist es ganz gleich, was Sie glauben, Inspektor«, brummte der Bariton verächtlich. »Ohne Beweise können Sie uns leider nicht einbuchten, so deprimierend es für Sie auch sein mag.«
Cotta wandte sich Hilfe suchend an Skinny, Michael und Afton. »Wie sieht es denn mit Ihnen dreien aus? Haben Sie etwas zur Aufklärung der Sache beizutragen?«
Die drei zuckten mit den Schultern und schwiegen betreten.
»Tja, da haben wir wohl ein Patt, Inspektor!« Der Tätowierte fuhr sich über die feuchte Glatze und wischte den Schweiß an seiner Hose ab. »Drei Zeugen, die nichts von sich geben – weil es auch nichts von sich zu geben gibt …«
»Sie meinen wohl, drei Zeugen, die nichts von sich geben, weil Sie vorher von Ihnen eingeschüchtert wurden!«, giftete Bob den Tätowierten an.
»… und drei Zeugen, die Ihnen eine Actionstory auftischen, die jeder Grundlage entbehrt.«
Cotta legte nachdenklich den Finger ans Kinn. »Dann bleiben Sie also dabei, dass Sie noch nie in Ihrem Leben mit dem Betäubungsmittelgesetz in Konflikt geraten sind und auch in sonstiger Form nie etwas mit harten Drogen zu tun hatten?«

»Wir bleiben dabei!«, antwortete der Bariton.
Justus erhob sich langsam vom Sofa und ging mit der Puppe in der Hand gemächlich auf Cotta zu. »Da in diesem Raum Aussage gegen Aussage steht, Inspektor, möchte ich Ihnen hiermit eine Zeugin präsentieren, über deren Hinweis Sie sich am besten ein eigenes Urteil bilden.« Er wedelte kurz vor dem rechten Puppenbein und augenblicklich begann die Puppe zu sprechen.
»Na, dann spuck mal aus, Junge! Bin gespannt, was du uns zu vermelden hast«, erklang die Stimme des Tätowierten aus dem Lautsprecher. Der wurde blass wie die Wand.
»Eigentlich nicht viel, die Herren«, war jetzt Justus zu vernehmen. *»Außer vielleicht, dass wir wissen, dass Sie Skinny Norris und Michael Rompa den Auftrag erteilt haben, mithilfe dieser drei Puppen hier eine erhebliche Menge Rauschgift von Mexiko über die Grenze nach Kalifornien zu schmuggeln.«*
»Das ist zweifelsfrei richtig, Dicker!«, antwortete der Tätowierte. *»Und wie ich gehört habe, habt nun ihr drei Jungs diesen Job übernommen.«*
»Irrtum, Sir, das ist zweifelsfrei unrichtig. Denn wir sahen unsere Aufgabe lediglich darin, Skinny und seinen Freund Michael davor zu bewahren, eine große Dummheit –« Mit einem KLACK brach die Aufnahme plötzlich ab.
Justus sah rundum zufrieden aus. »Nun, Inspektor, über mehr Aufnahmekapazität verfügen diese Puppen leider nicht. Aber ich denke mal, dass die Stimmen ganz deutlich zu verstehen und zu identifizieren sind. Und gemeinsam mit unseren Zeugenaussagen sowie den Batterien aus dem Wasserkasten werden Sie jeden Richter davon überzeugen, dass diese beiden

Herren hier äußerst kriminellen Machenschaften nachgehen.«
Cotta warf dem Ersten Detektiv einen anerkennenden Blick zu. »Bravo, Justus! Ich glaube, dem ist nichts mehr hinzuzufügen!«
»Oh Mann!«, seufzte Bob. »Also, dass wir diesen Fall abschließen können, daran habe ich echt nicht mehr geglaubt.«
»Häh?« Der Zweite Detektiv hob fragend die Augenbrauen. »Und warum nicht, Bob?«
»Na ja, wir haben uns dieses Mal nun wirklich nicht gerade mit Ruhm bekleckert. Wir sind in eine Falle nach der anderen getappt, hatten weder Taschenlampen noch ein Ladegerät fürs Handy dabei, der dritte Detektiv musste kein einziges Mal etwas recherchieren, dann gab es kaum Verdächtige, wir haben uns alle drei von einer Spinne fast zu Tode erschrecken lassen, und am Ende vergessen wir auch noch das heiligste aller heiligsten Dinge!«
Jetzt stand sogar Justus völlig auf dem Schlauch. »Das heiligste aller heiligsten Dinge? Was meinst du damit?«
Bob nahm wortlos seine Brieftasche aus der Jacke und zog ein kleines Kärtchen hervor.

Grinsend ging er auf die beiden Gangster zu, die jetzt Handschellen trugen und gerade abgeführt wurden. »Hier, damit Sie nicht vergessen, mit wem Sie es zu tun hatten …«

Als Justus am nächsten Abend allein in der Zentrale vor dem Rechner saß, klingelte das Telefon.

»Ja, Justus Jonas von den drei Detektiven?«

»Hi, Jonas. Hier ist Skinny. Ich … also … ich habe das gestern nicht ganz verstanden. Ich meine, wieso du den Inspektor belogen hast …?«

»Ich habe den Inspektor nicht belogen, Skinny. Du und Michael habt den drei Detektiven die Puppen mit den Drogen zugespielt und die drei Detektive haben in eurem Sinne gehandelt. Die wahren Verbrecher sitzen jetzt hinter Schloss und Riegel und ihr seid frei.«

»Und wie kommen wir zu dieser Ehre?«

»Der Typ mit dem Elektroschocker hat dir ganz schön heftig zugesetzt, Skinny. Aber dennoch hast du dich geweigert, ihm meinen Namen zu nennen. Natürlich kann ich die wahren Gründe deines beharrlichen Schweigens nicht kennen, aber ich gehe mal davon aus, dass sie von edler Natur waren.«

»Wie …? Na ja … du kennst mich doch, Jonas. Ich … äh … habe es aus purer Freundschaft getan. Ganz sicher …«

Justus sagte nichts und legte den Hörer einfach auf. Er war müde und wollte sich kurz vor dem Schlafengehen nicht noch ärgern. Während er den Rechner herunterfuhr, war er sich dennoch sicher, alles richtig gemacht zu haben.